T0105540

MIS CINCO ÁNGELES

Raúl Oliver Grande

ISBN: 978-1-4269-3667-8 (sc)

*Our mission is to efficiently provide the world's finest, most comprehensive book publishing
service, enabling every author to experience success. To find out how to publish your
book, your way, and have it available worldwide, visit us online at www.trafford.com*

Trafford rev. 7/22/2010

 www.trafford.com

North America & international
toll-free: 1 888 232 4444 (USA & Canada)
phone: 250 383 6864 ♦ fax: 812 355 4082

DEDICATORIA

Con todo mi amor para mi ángel principal: MI ESPOSA.

A mis hijos, Raúl, Mariel y Agnes que me
han permitido conocer a los ángeles.

A mis ángeles particulares con todo mi corazón, mi cariño y mi
amor, que son mis nietos: Emilio, Elías, Rodrigo y Aura Regina.

A mis padres, esos Ángeles tan especiales que me siguen cuidando:

Mary y Raúl

PROLOGO.

Ha sido mas que pensada la realización de estos relatos; es más, siendo tal vez un poco fantasioso me pareció haber estado presente en el Cielo no a la derecha del Padre ni mucho menos pero si en mi mente y siento que algo parecido a mi descripción debe de ser esa región tan lejana de los vivos pero tan próxima para los que aun no nacen o para las animas que ya no nos acompañan.

Me sentí eufórico al tener estas ensoñaciones y posteriormente al transcribirlas lo he hecho con el corazón, pensando en estos seres tan queridos por mi como lo son mis hijos y principalmente mi adorada esposa que tanto me ha tolerado y que yo continúo amándola y viéndola con la misma juventud con que la conocí.

Cada uno de los relatos cuentan con algo de verdad dejando al lector el descubrir cual es la verdad y cual la ficción.

Dentro de estos mismos relatos he incluido no solo a mis hijos, también mis nietos fueron fuente de inspiración permitiéndome descubrir la inocencia de su alma, inocencia que conservamos durante nuestra niñez y que la vida nos obliga a perderla para poder crecer. Quedando en lo más profundo de nuestro espíritu, aun parte de esa pureza con la que venimos al mundo.

Sea este escrito un recordatorio a nuestra maternidad, a nuestra paternidad y a ese Don que nos ha otorgado El Señor de traer a un nuevo ser humano, un ángel descendido a nosotros para eternizarnos a través de nuestra herencia genética.

Espero el lector disfrute estos relatos como yo disfruté al escribirlos.

RAÚL OLIVER GRANDE

1. MIS CINCO ÁNGELES

MIS CINCO ÁNGELES

La masa energética se expandió y finalmente estalló en múltiples colores, quedando una nube inmensa creada de la nada, que conforme pasaba el tiempo tendía a disminuir. Cuando se disipó quedaron 5 prominencias de diferentes tonos color carne de aspecto irreconocible, adivinándose su forma conforme fueron moviéndose.

Una de aquellas prominencias, dejaba adivinar un dorso ocultando sus extremos; poco a poco, como obedeciendo una orden suprema, el dorso permitió apreciar en uno de sus extremos, una figura redonda, más oscura que el resto, girando sobre sí mismo hacia la derecha, permitiendo apreciar una pequeña nariz, recta, hermosa, así como un pequeño ojito cerrado y sobre este, una finísima línea correspondiente a la ceja. El siguiente movimiento que dio este ente, fue el permitir apreciar a cada lado del dorso, unos pequeños brazos que finalizaban en unos deditos graciosos, nerviosos, que se movían como pretendiendo aprisionar algo. Finalmente en el otro extremo del dorso hicieron su aparición las piernitas, regordetas, como partidas en dos, pero al estirarse, permitieron apreciar mejor su constitución; si, efectivamente eran eso: unas piernas. Al continuar desperezándose dejaron ver a un niñito, hermoso, color canela, regordete que al girar hacia un lado permitió admirarlo totalmente: era un varón.

Junto a este primer personaje, exactamente a nivel de sus costillas, se apreciaba igualmente una diminuta figura semioculta por ella, que, vista desde arriba, permitía admirar la mitad de un cuerpo visto por el frente, parcialmente cubierto por otro cuerpecito, que se encontraba de plano tendido sobre este segundo personaje y si, estaba boca arriba, con sus piernecitas sobre el cuerpo de otro más hecho un ovillo pero con las piernas retenidas por sus bracitos haciendo un ovillo irregular con la cabeza dirigida al pecho permitiendo ver un montón de cabellos finos, ensortijados.entre las piernecitas sujetadas por los brazos, se adivinaba su sexo: una niña, igual que el segundo personaje de esta masa informe.

Finalmente, a un lado de ellos, como abrazándolos a todos, se empezó a mover un cuarto personaje, que, al voltear, como si nos viera, permitió reconocer otra niña, con labios finos, regordeta, risueña.

Todos ellos, sin moverse, empezaron a percibir por debajo de ellos un empujón lo que les hizo retirarse de inmediato ya que debajo de ellos una fuerza extraña y ajena los empujaba hacia un lado. Cuando finalizó el movimiento, dejó ver un ultimo personaje: ¡otra niña!, con el ceño fruncido, por el esfuerzo realizado, su pelito al parecer lacio y con los labios apretados y dirigiéndose hacia el frente. Al verse libre de los demás lo primero que hizo fue…llorar, con unos gritos tan agudos que los demás, callados hasta ese momento, empezaron a gritar con tal fuerza que sus llantos se escuchaban a varios metros a la redonda, parando de llorar en cuanto se cansaron.

Al terminar de llorar, se miraron unos a otros tocándose y mirándose, fueron pensando para sí mismos:

-¡que es esto!

-pero... ¡Que feo es! ¿Qué será?

-¡ay, qué bonito!, ¿Qué será?

-¡guácala!, se siente como, como muy aguado, como, como feo ¿que será?

-y esto, -pensó uno de ellos tocando al otro-¿Qué será?

Cuando se reconocieron entre si, procedieron a mirar a su alrededor: todo era de una blancura que lastimaba sus pequeños ojos, arriba, abajo, a los lados, todo, todo era extremadamente blanco.

¿Qué hacemos?- habló una de las pequeñas, procediendo a taparse la boca al finalizar la frase-pensó- ¡que me salió de aquí!

Casi al unísono los otros 4 voltearon a ver al que había hablado tocándole la boca y uno de ellos, mas atrevido, le abrió la boca para ver que había adentro. Lo único que vió fue un agujero negro.

¡Oye- protestó la pequeña, pues no le agradó el hecho- déjame! ¡No seas puerco!

¿C-C-cómo le hiciste? , preguntó a la vez que descubría por sí mismo que podía hablar.

-¡Yo también puedo hacerlo!,- respondió otro de los pequeños- prueben ustedes pues creo que todos podemos hacerlo, se dirigió a los demás pequeños, quienes de inmediato empezaron a hablar.

¿Cómo? ¿Qué hago aquí? ¿Quién soy? Estos... ¿Quiénes son? ¡Que feos son! ¿Porqué los harían así?... ¿me pareceré a "eso"? ¡Ay no!, que horrible.

Después de hacerse estas preguntas empezaron a ver a los lados, tratando de reconocer donde estaban y si acaso había alguien más con ellos, pero no había sino nada, únicamente nada.

Al cabo de unos pocos minutos, que parecieron años, hacia el fondo de la nada, observaron un puntito negro que poco a poco fue haciéndose mayor hasta que finalmente se definió como una figura casi humana, con brazos piernas cabeza y cuerpo, que avanzaba con paso decidido hacia ellos.

¿Qué será?, se preguntaba el único niño del grupo.

¿A qué vendrá?, se hacía la reflexión aquella pequeña risueñita y regordeta.

Cuando se encontró lo suficientemente cerca pudieron adivinar sus facciones y su figura:

¡Que derechita! ¡Que bonito camina! ¡Que hermosas son sus facciones!, parece, parece, lo más hermoso que he visto.- fueron las conclusiones de cada uno de ellos, quienes pensaron que estaban ante el ser más hermoso del Universo.

¡Hola mis pequeñitos! por fin han llegado; mí hijo me acaba de enterar que se encontraban aquí y en seguida acudí a conocerlos.

¡Mira que guapo eres muchachote!- que hermosura tienes, con esa barbilla separada luces precioso mi niño.

Y tú, pequeñuela, ¿porqué paras esa trompita?, anda, sonríe, ¿Qué no adivinas que soy tu madre? Mira, que hermosos cabellos tienes, aunque no te puedes aún ver, eres muy bonita, hija mía.

Acércate angelito mío- se dirigió a aquella regordeta y con sonrisa angelical, que bella eres, ¡anda! Dirígeme una sonrisa... que bella.

Y tú, lindurita, ven, acércate, deja verte de más cerca- se dirigió a la otra pequeña, un tanto distante del grupo, pero que, al ver los brazos extendidos se aproximó e inmediatamente se acurrucó en ellos, como si la conociera de siglos-eres una preciosidad, con esos ojillos tan vivarachos que tienes, que belleza.

Esperando a ser llamada, la otra pequeña permanecía indiferente, como mirando a su alrededor, cautelosa, distante, y sin embargo esperando ser llamada por la señora.

Criaturita mía- en forma engolosa, y endulzando su voz, se dirigió la Señora al último ángel, que permanecía absorto en sus pensamientos:

¡Anda, ven! Yo tú Madre te espero, ¡acércate!- y oyendo y haciendo, corrió sonriente a aquellos amorosos brazos, diciendo la primera palabra a una persona que no conocía pero que le parecía sumamente hermosa: ¡Madre!, extendiendo sus bracitos para alcanzar lo más rápido posible aquellos brazos torneados, hermosos, que le esperaban con el más grande amor.

¡Madre? Fueron preguntando un a uno los pequeñuelos acunados en sus brazos. ¿Eres nuestra madre?, preguntó uno de ellos.

¡Soy su madre!, efectivamente, han sido creados aquí mismo para recibirme como eso, su madre, pues mi hijo querido, ha deseado que vengan a mí y reciban ese mismo amor que yo tuve hacia Él, con objeto de que, en su momento, ustedes mismos desparramen ese mismo amor a otros seres que los habrán de esperar.

Pero, ¿Qué dices?, no entiendo, fue la respuesta ante tantas cosas de una de estas almas puras que con su sola mirada era capaz de obtener todas las respuestas que plantearan sus preguntas.

¡Vamos, angelitos míos! No desesperen, ya llegará el momento en que por sí solas se contestarán cada una de las preguntas que se hacen, por lo pronto, me tienen a mi y a mi amado hijo para quererlos, atenderlos y ofrecerles la felicidad que vienen a compartir con nosotros, ¡disfruten! ¡Gocen! ¡Amen!, ¡vivan!

Estrechándolos con todo el amor que sentía por ellos y por toda la humanidad, inició su regreso junto con los 5 Ángeles al sitio de donde procedía, perdiéndose en la inmensidad de la nada, en el todo de la felicidad celestial para acudir al sitio donde su amado hijo, nuestro Dios, la esperaba ansioso para conocer el resultado final de su creación

Esperarían el motivo por el cual fueron creados: ofrecer vida y el amor celestial a los seres humanos, al incorporarse como el alma de esos niños que habrán de nacer y que prolongarán el cielo en la Tierra con su inocencia, su dulzura, su pureza.

Todo irradiaba felicidad, escuchándose las risas de aquellos ángeles habitantes del Edén creado para ellos, lleno de fragancias exquisitas que embotaban los sentidos: gardenias, jacintos, rosas, pequeñas flores de San Juan, así como naranjas en flor, ciruelos, cargados de su fruto con un rojo encendido que llamaba a tocarlos y mejor, a comerlos así como piñas, sumamente fragantes, sin olvidar los mangos, el plátano, y las maderas preciosas con su goma brotando y lanzando al aire su fragancia como el cedro, el pino , en fin, todo un mundo de olores, sabores y colores conjuntados en un jardín que llamaba la atención tan solo de verlo a la primera vez.

En este lugar, pequeño rincón del Paraíso, pasaban su tiempo los ángeles, acompañados de su Madre, nuestra Madre celestial que los entretenía con juegos, canciones hermosísimas que solo ella cantaba con ese amor tan suyo, tan divino para alegrar aún más el tiempo de los pequeñines.

Entre todos ellos, uno ocupaba aun más la atención de nuestra madre, era… distinto, pero tan parecido a todos que permitía los celos de los demás ángeles, que, sin embargo, no alcanzaba a ser motivo de discordias, pues su pensamiento se dirigía a pensar que por algo la reina del cielo tenía un distingo hacia él.

Madre, habló este pequeño ángel,-Dirigiéndose a la madre celestial-siento que tienes una preferencia hacia mí, dime porqué, pues soy igual a todos, sin embargo, cada vez que me acerco me atraes a tu regazo, me besas y me llenas de apapachos y cariño, que, desde luego, me hacen sentir bien pero creo que estos apapachos deben ser repartidos por igual a todos.

-¡Ah!- ya te diste cuenta, mi pequeño, creo que en este momento que estamos solos tú y yo, es el momento de darte una explicación: ven mi niño, siéntate aquí, a mi lado, quiero que me pongas atención, voy a platicarte algo.

Sentados cómodamente en el césped de un verde esmeralda, procedió la madre del Señor a hablarle al pequeño ángel:

-No haz advertido que eres igual a todos pero a la vez eres tan distinto, pues no te es factible verte a ti mismo, pero te lo voy a explicar; mi Hijo, que nunca se equivoca, te ha hecho diferente a todos pues sabrás que aunque no eres la persona que esperan tus padres terrenos, un día serás entregado a ellos, y a pesar de estarte esperando, al momento de recibirte se van a sentir desencantados, pues, como te dije, eres distinto, tus pequeños ojitos son más rasgados que los de los demás ángeles, tus manos son distintas, míralas, ¿ves los pliegues de tus manos?, ahora ve las mías, son distintas-efectivamente, apreció el buen angelito, sus pliegues de las manitas eran distintas, pues corrían de forma alocada en su palma, hacia todos lados sin guardar simetría alguna, en cambio, los de nuestra madre, guardaban la apariencia de la letra "M" irregular- ¿lo ves?, no solo eso, tu corazón corre a diferente velocidad de los otros ángeles, esto ya lo advertiste hace unos días pues noté que comparabas con los de otros ángeles tu corazón.

Si madre, me llamó la atención y a todos ellos, pero como jugábamos, olvidé preguntarte porqué.

Simplemente eres distinto. Cuando se presente tu momento de nacer al mundo, todos dirán que eres distinto, que eres "un Downcito", que serás retrasadito, que no vas a ser igual que los otros niños.

Efectivamente, serás diferente, sin embargo, a cambio de esto tus padres, que no te esperan como eres, van a prodigarte un Amor tan intenso, como a ninguno de sus otros hijos habrán de derramar. Les costará trabajo aceptarte pero una vez pasados los primeros momentos de desencanto, serás aceptado y querido aún más que tus hermanitos, y ¿sabes porqué? porque tu presencia desvalida, necesitada de un mayor apoyo, les habrá de dar a tus padres y a toda tu familia, la entereza necesaria y el amor que te prodigarán a lo largo de tu corta vida.

-¿Corta vida?- interrumpió el pequeño, pero si yo sé que al nacer hemos de vivir muchos, muchos años y ser adultos y tener hijos, y...y... y vivir la vida.

Tú eres distinto, ya te lo he dicho, pues en unos pocos años habrás de hacer lo que a muchos niños les lleva casi toda la vida alcanzar: ver la felicidad de sus seres queridos, al poder "dar" un amor, una entrega que solo tú puedes permitirles ofrecer, pues ningún otro niño puede hacerlo.

Estas personas te necesitan aunque no lo saben, pues tienen que aprender a dar a alguien que posiblemente nunca va a pedir, ahí radica tu valor, hijo mío, en tu capacidad de pedir sin palabras, sin asomo de necesidad, simplemente la necesidad de "dar", de los seres que te han de rodear. Por eso, te digo que vas a ser distinto al ser concebido, pues les vas a dar a esa familia algo de lo que carecen, les vas a quitar de sus mentes el egoísmo que los envuelve, en recibir sin dar, el dar esperando que les den, y eso, hijo mío, tú, sin hablar, se los vas a proporcionar, a través de tu creación, vas a permitirle crecer a esa familia donde haz de llegar, para ser más próximos a Dios, Mi Hijo, tu Padre celestial.

Madre, no me digas más, ya siento que quiero ser.

Di a mi Padre eterno que ansío llegar con ellos.

Calma mi pequeño, calma, todo a su tiempo, recuerda que una vez con ellos, te va a costar aprender y valerte por ti mismo, y más aún, entender, con pleno raciocinio que ahí vas a estar, como alguien aparte, alguien especial, alguien que necesita sin pedir y que se le debe de dar por eso mismo, porque no pides y necesitas.

Madre, voy a esperar con ansias ese momento, y lo mismo, habré de esperar, sin yo saberlo, mi regreso a ti y a mi Padre para continuar con la felicidad de estar en tu presencia aquí, en el cielo después de mi estancia en la Tierra,

Muy bien, angelito mío, creo que me haz entendido; anda, ve con los demás, aún no serás concebido. En su momento, serás el primero en conocerlo.

Partió el pequeño ilusionado, a reunirse con los demás ángeles esperando el día en que el señor lo convocaría para integrarse a su propia familia, que, aunque su Madre le había explicado sería por un corto tiempo, trataría de hacerlo lo mejor posible, en la medida del entendimiento que el Señor le otorgara pues había comprendido que no sería muy brillante en aquello que entendemos como inteligencia pero que sin embargo, su capacidad le permitiría cumplir su misión entre los seres humanos.

Al alejarse el pequeño, se hizo presente la figura de Dios, nuestro Padre Celestial en toda su hermosura ante su propia Madre.

Hijo, ¿has escuchado todo, no es así?- sentí tu presencia al iniciar mi platica con el angelito, tan bello, tan inocente, creo que me ha comprendido.

Perfectamente Madre, yo no podría habérselo explicado mejor, pues, no en balde eres mi Madre, y sientes lo que siente una madre y lo explicas con tal claridad, que pocas palabras se necesitan para entender. Será feliz con los seres humanos este hijo mío, madre, y ha de hacer felices a una enorme familia al llegar, aunque, como lo has dicho, les costará trabajo, pero finalmente lo aceptaran y será tan querido o más que el resto de los niños. Al requerirlo ante mí, llorarán sinceramente su retorno a los cielos, pues su alma pura, su bondad, su derrame de amor, les será extrañado y les permitirá vivir en una mejor armonía familiar.

EL ÁNGEL GUARDIAN

Se encontraban nuestros 4 ángeles jugando a…jugar, pues sólo los niños saben finalmente a que juegan pues los juegos, juegos son y cuando les preguntamos a que juegan, inocentemente nos llegan a contestar: ¡pues a jugar! Así nada más, a jugar y como tal debemos aceptar la respuesta: estaban jugando. La pregunta obligada es:¿y el primer ángel?; pues bien, el primer ángel ya había partido a su encuentro con su familia terrena, recibiendo el amor y las atenciones de sus padres. Su nombre: Raúl.

Llegó el Señor y se dirigió a uno de ellos, el primero que enderezó la cabeza al crearlos a todos juntos (recuerden el inicio de nuestra narración).

Ángel mío, te necesito pues he tomado una determinación: hoy nos vas a dejar para ser concebido en el seno de la familia que ya conoces pues te la mostré al enviar a tu hermano con ellos.

Mi Señor- habló el ángel, en todo parecido a su padre terreno, al cual había .conocido cuando su hermano fue concebido-¿Qué bello es!- alcanzó a decir esa única vez que lo vió, todo de blanco, yendo y viniendo ¡Como trabaja!, Señor:¿me va a poder atender? Pues por lo que veo no tiene tiempo de nada y ya lo ves, a mi hermanito, casi ni lo atiende pues su trabajo lo absorbe tanto que no le presta casi atención.

No te preocupes angelito mío, el se dará sus mañas para atenderlos ya lo verás, además, aún se encuentra en plena formación como médico para ofrecerles lo mejor de si mismo a cada uno de ustedes, sus hijos. Ya lo verás.

Si te fijas, tu futura madre se atarea para atender a tu hermanito, y lo mismo hará cuando llegues. Ella sabe que tiene que suplir a su compañero y se multiplica siendo madre y padre a la vez para él, ¡mírala!

Efectivamente el pequeño ángel observó a la mujer, delgadita, con esa mirada dulce que solo las madres dirigen a sus hijos y esa belleza en su cara que había embelesado tanto a su esposo como a su hijo y ahora el la veía por vez primera:

¡Qué bonita es! Y como acaricia a mi hermanito, ¡cuanta dulzura! Cuanto amor le da, como quisiera ser yo el que estuviera con ella para que me abrace así.

Pronto lo será, no te apures,..

Padre, no sabes cuanto ansío estar con mi familia. Y mi hermanito… sé que me va a querer mucho.

Si, vas a llegar a una buena familia, trabajadora y derramando amor a raudales pues todos ellos se quieren mucho.

¿Quieres ver al resto de tu familia?

¡Si!, fue la respuesta del pequeño ángel, risueño, con labios carnosos y las cejas muy parecidas a las de su madre.

¡Prepárate! Te vas a impresionar al verlos porque...-esbozó el Señor una sonrisa malicioso-bueno, ¡ya verás!

Fue impactante lo que ella vió en ese momento, cientos, miles, millones, de seres humanos riendo, jugando con una pelota, recostados en el verdor, comiendo, platicando, chanceando,

Algunos sentados, otros de pie, otros más recostados en las bancas o en el prado.

Señor, mi Señor, te has equivocado, esto, esto es un mitin o algo así, ¿no es verdad? Y mira esa cantidad tan increíble de niños… ¡Ah!... ahí está mi hermanito con otros niños, ¡hasta parece que está aquí en el cielo! Con esa cantidad de niños.

Ja, ja, ja! Sonrió el Señor, no, ésta será tu familia, todos ellos son hermanos, primos, tíos, abuelos y bisabuelos todos son familia, y no, no son tantos como crees, apenas son 60.

¡Sesenta!!!! Pero si son muchos, pues he visto familias de 5 o 10, no más, tal vez aquella de 14 personas que vivían en el amor y que me parecieron muchas, pero ¡60!, son demasiadas.

Así es, son muchas, sin embargo mírales, todos ellos están unidos por aquello que han aprendido de mí y de mi Madre: el Amor.

Qué bien, solo espero llegar con ellos, deberá ser hermoso.

El Señor se mostraba con una honda preocupación, pues lo que pretendía hacer no era de su agrado sin embargo en ocasiones se hacía necesario tomar estas medidas ya que solo así podía quedar completado el Gran Plan de Dios.

.-Mi pequeño, he solicitado tu presencia pues no he dejado de tomarte en cuenta para una labor sumamente delicada y creo que solo tú serás capaz de realizarla.

Como todos ustedes saben, a cada familia le asignamos un ángel que vela por ellos, por su seguridad, por su crecimiento y además mediante pequeñas incursiones en sus sentimientos, les ayuda a encontrar el camino de la perfección para que al llegar al final de sus días terrenos, sean capaces de alcanzar la paz espiritual e infinita en el seno de mi madre y desde luego, conmigo hasta el fin de los tiempos en que mi Padre, Dios Padre, llegue hasta nosotros a juzgar vivos y muertos.

Pues bien, te hemos asignado, desde luego si tú lo aceptas, a ser el Ángel Guardián de una familia tan numerosa como la que te habíamos asignado pero que requiere de tu presencia para continuar sobreviviendo pues su anterior Ángel Guardián ha sido llamado ante mi Padre, con objeto de ser elevado al rango de Serafín pues ha desempeñado a la perfección su trabajo y ha ameritado ser llamado ha por mi Padre para formar su Ejercito Divino que algún día ha de acudir a ayudarlo a juzgar a vivos y muertos.

-Mi Señor, me había hecho a la idea de estar con mi madre en ese delicioso lecho que preparó para mí y en el cual me encontraba tan a gusto y ahora no sé que hacer, pues es tan hermosa, tan dulce, tan bella interiormente que la quiero desde el momento en que fui concebido, no sé que ha de pensar ella de esto y ¿Cómo abandono su cuerpo? ¿Me ha de extrañar? ¿Va a sufrir?, ¡solo espero que no vaya a morir!, y... mi papá, ¿que pensará?, ¿Qué no sirve como padre? ¿Que a lo mejor es su culpa el que yo no nazca?

-No mi pequeño, tranquilízate, nada de eso va a ocurrir pues ya lo he contemplado y ya hice los arreglos para que se tome todo como algo necesario, los seres humanos son sumamente comprensivos a los designios de su Señor y como tal será tomado; una de las precauciones que he dispuesto es lograr que tu madre olvide fácilmente el hecho y se dedique con ahínco al cuidado de tu hermanito, que aún necesita de ella. Y en cuanto a tu padre terreno, descuida, es tanto su trabajo que no ha de tener tiempo de pensar y cuando se de cuenta, todo se habrá olvidado, sin embargo, en lo más profundo de su alma, tu recuerdo ha de perdurar y al final de sus días te van a reconocer y estarán orgullosos de tus logros ante el Padre Celestial y serán recompensados, así que... espero tu respuesta.

Mi Señor, siendo así, ordéname y yo obedezco pues tu enorme sabiduría me ha convencido y solo espero que mis padres se recuperen de la perdida del hijo nonato y que no sufran.

Confía en mi, mi pequeñito, ángel entre los ángeles, pues a partir de este momento y hasta la eternidad y hasta que mi Padre así lo ordene, serás un ÁNGEL GUARDIAN DE LA PAZ Y BENDICION FAMILIAR, ¡Que así sea!

En ese mismo instante, una luz tan pura y blanca que cambiaba de tonos del blanco, se hizo presente en la parte media del pequeño ángel, ese con los labios carnosos y las cejas arqueadas que llamaban la atención de todos y cuando se le preguntaba el porqué de su aspecto, invariablemente contestaba *"así es mi mamá"*.

Solo duró unos segundos el resplandor, extendiéndose a todo su cuerpo y agigantándose el reflejo hasta más de 20 metros de altura y a su alrededor, dando la impresión que este iba a causar una implosión, sin embargo, fue cediendo hasta que finalmente quedó una persona de increíble belleza, con esos sus labios carnosos y cejas tan extrañas, las cejas de su madre; la nariz...¡esa nariz!,igual a la de su padre terreno, recta, ancha, haciendo un todo hermoso, diferenciándose de los demás ángeles y siendo posible reconocerlo entre todos. Continuaría en la eternidad exultando un brillo tan intenso que en ocasiones llegaba a lastimar la vista, sin embargo el se había convertido en un Ángel, en un verdadero ángel guardián de la paz y la bendición familiar que de alto alcanzaba fácilmente 1 metro con 98 cms. y de envergadura de sus recién adquiridas etéreas alas, estas alcanzaban a medir 3 metros con 78 centímetros, todo un portento para su desplazamiento rápido a donde fuese requerido por la familia a la que sería asignado.

Con una belleza tal, que solo los seres divinos poseían y una mirada suave, dulce, llena de compasión.

Mi Señor...-fueron sus primeras palabras dirigidas al Buen Dios una vez alcanzada la transformación- estoy preparado para lo que digas,-hincó la rodilla izquierda e inclino la cabeza.

Muy bien, ángel mío, te agradezco tu decisión y creo que no podías haber elegido mejor, pues la familia a la que habrás de cuidar y bendecir la conoces perfectamente, más aún, te sentirás complacido al saber de quienes se trata

-Dímelo Señor, aunque no atino a saber de quien me hablas.

-Muy bien: Pues se trata de la misma familia a la que renunciaste al aceptar ser un Ángel Guardián.

-¡Mi Señor! ¿Es verdad?... son... ¿ellos?

-Sí, ángel mío, esa misma familia de la cual te habías encariñado es la que necesita de tu vigilancia y cuidados como su Ángel de la Guarda, pues hasta ahora se ha hecho necesaria tu presencia con ellos, así que, conoces tu Tarea, ¡Adelante, Ángel mío, cumple tu labor con la familia que empezaste a querer y que ahora con ese mismo cariño y amor, habrás de proteger. ..¡**VÉ**!. –Ordenó el señor a sabiendas de que esa orden sería cumplida con un verdadero placer por el Ángel quien no esperó más palabras del Señor para partir a su encomienda.

"Un intenso resplandor cubrió la habitación pequeña, acogedora con un buró y una cama sencilla, con un crucifijo en su cabecera, adquirió un intenso resplandor blanco, tan intenso que despertó a la mujer de la cama, tan intenso, que la despertó.

Era una bella mujer, recostada con un rictus de dolor y amargura que se dulcificó al sentirse inundada de una sensación especial que iniciaba en su frente y quedamente, en la inconciencia que existe entre el sueño y el despertar, escuchó una sola palabra que resonó en su cabeza como una intensa nota de" mi" entonada por mil guitarras al mismo tiempo, y que la llevó a la resignación y a la tranquilidad en un instante.

Ese fue el momento en que el nuevo Ángel Guardián, violando las normas establecidas por el Señor, aplicó un beso dulcísimo en la frente de su madre terrena, beso que la inundó de dicha y paz aunque no lo reconoció del todo por hallarse en el momento del sueño profundo, relevado por el alerta del despertar, resonando en su cabeza la única palabra murmurada por el nuevo Ángel: "**=MAMÁ=**"

-¡Hola comadre!, ¿como estás?- fueron las primeras palabras de que tuvo conciencia real al despertarse por la voz gruesa, y a la vez cálida de la doctora que se dirigía a ella.

-¡Ay comadre, me asustaste!- ya me encuentro mejor, es más, siento una alegría y una tranquilidad que no había sentido hace mucho, sentí algo, no sé qué un momento antes de que entraras y de inmediato me tranquilicé. Fue entonces que entraste al cuarto.

¡Qué bueno que estás bien! Ya me habías preocupado pues no veía como tranquilizarte por la necesidad de realizar el legrado pues ya te había explicado lo que era un huevo muerto retenido que es cuando un producto de embarazo, por motivos que ignoramos, deja de crecer y de vivir y se hace necesario extraerlo pues puede ocasionarle a la madre una infección grave, pero... creo que ya estás tranquila y he venido a avisarte que estás en condiciones de salir. Raúl te verá en casa pues sale hasta las 6 de la tarde y son las 10 de la mañana y no veo necesario que te quedes más tiempo, además de que cobrarían como si fuera otro día tu estancia en el sanatorio.

Siendo así, pues me voy a casa, gracias por todo comadre, no sabemos Raúl y yo como pagar lo que hiciste por nosotros.

No te preocupes, le voy a hablar a Sergio (su esposo) para que venga por ti y te lleve a tu casa.

Este... gracias- fue su contestación, entre apenada y agradecida.

¡*Mamá*!- habló el ángel en su dimensión sin ser oído por su madre terrena, ¡bendita seas! Te amo.

– –

¡Ángel mío, acércate, necesito hablarte!- fue la indicación otorgada por el Señor al pequeño ángel que se encontraba jugueteando con otros 2 angelitos, igual de hermosos que el.

¡Papá!- lanzó un grito que alcanzó a destemplar los oídos del Señor-abalanzándose al mismo tiempo a sus piernas y abrazándolo de tal modo que un poco más y caen ambos.

¡Papá- repitió el pequeño ángel-qué bueno que viniste!, ya quería volver a verte pues a cada rato te recuerdo cuando"jugueo" con los demás angelitos, mis hermanos.

Ja, ja, ja,- sonrió divertido nuestro Señor,-ya veo, pero... no se dice "jugueo", se dice "juego",

-bueno... "eso", pero dime papá, ¿para que me necesitas? ¿Me acusó el querubín Arqueo de que le jalé el cabello?, fue una simple bromita, de veritas.

No angelito mío, no es eso.

¡Ya sé!, el arcángel Amiel te dijo que lo obligué a llevarme a las altas moradas donde ellos reciben instrucciones de ti. ¡Perdóname! No vuelvo a hacerlo ¿si?

-No, no ha sido por eso, sonrió embelesado nuestro Señor, ante la travesura del angelito, ya que nadie había sido capaz hasta ese momento, de ver la forma de ascender hasta ese sitio solo utilizado por las divinidades referidas, los arcángeles, seres celestiales de la mayor jerarquía solo superadas por los tronos, potestades inmensas y con un poder tal que no es posible describirlo, baste saber que en su ultima decisión, el señor acudía a ellos para decidir finalmente graves resoluciones. Tal es su poder.

-Si no es por esos motivos, entonces,

Mi Señor, ¿por qué me haz llamado?

-Descuida hijo mío, el motivo de llamarte es para hacerte saber que el día de hoy serás concebido en tu nueva familia; tus padres hace mucho anhelan tener un nuevo compañero para el niño que ya está con ellos. Él como tú, alguna vez fue uno de mis angelitos y ahora te toca a ti hacer feliz a esta familia que te amará como a mi otro ángel que te precedió, así que, ya sabes, prepárate pues ahora te toca a ti viajar al mundo de los hombres.

-¿Es cierto mi Señor? ¿De verdad ahora sí iré a una familia? ¿Me esperan mis padres y un hermanito?¡No Señor, no es verdad! ...¿o,...sí?

Si mi Ángel, es cierto; por fin vas a cumplir el fin por el cual te he creado: serás el alma de una niñita que será amada, protegida, querida por una inmensa familia que ya te espera; haz de saber que esta familia no solo la integran papá, mamá y tu futuro hermanito, sino que atrás de ella hay una gran familia esperando por ti así es que en unas horas más serás el alma de un nuevo ser humano, alístate y despídete de los demás ángeles, angelito mío.

¡Qué alegría, papá, por fin seré...una niña! ¡Gracias!

Al dar las gracias se estiró a la altura de la cara de nuestro Señor dándole un beso amoroso que se perdió en su espesa barba y que recibió con el mismo agrado que recibía siempre todas esas muestras de amor prodigadas por cada uno de los seres celestiales.

Llegó el momento y de la mano de Dios, se desprendió para fundirse en cada una de las células implantadas en el útero de su nueva madre, su madre humana, que a su vez no le permitiría olvidarse de su madre celestial, la excelsa María, la madre de Dios hijo.

Mamá, mamá, que lugar tan acogedor preparaste para mí, aunque a veces siento un vacío en el estómago y, perdóname pero eso me inquieta mucho y me hace sentir algo como ¿dolor?, en mi pancita y por eso te pataleo y estiro mis bracitos, solicitándote me des un calmante a mi molestia y creo que me haz entendido pues cada vez que me sucede, casi de inmediato siento que llega a mí a través de esta ... como se llamara; reata (el cordón umbilical) algo que lo pone tenso y de inmediato calma mi molestia, a la vez que me proporciona más fuerzas y más deseo de crecer y vivir. ¡Ay mamá! Mi mamá... solo tú sabes lo que necesito. ¿Así será cuando nazca? ¿Y cuando me veas por primera vez, ¿te gustaré? ¿Me querrás? porque... te he estado dando mucha lata y no sé si con todo esto aun me quieras igual.

-¡Raúl, ven pronto, mira, otra vez me pasa lo mismo, mira... toca...¿lo sientes?

Si- fue la lacónica respuesta de su esposo, conocedor de los cambios que se sufre alrededor de un embarazo, este ya de 6 meses, pero sabiendo que no era igual que otros observados en su profesión, este le llamaba la atención por esa intensa movilidad que ejercía el bebé en el útero materno. No dejaba de moverse.

-¿Haz estado comiendo bien? Dime que comes.

Bueno, no me da mucha hambre y pues casi no como además por los vómitos, le tengo miedo a comer, creo que es normal.

¡Qué normal ni que nada!, espérate, ahora regreso. El joven acudió a la pequeña pero bien surtida alacena y abrió el refrigerador, sacando una serie de sustancias que colocó en la mesilla de cocina así como un filoso cuchillo, dispuso así de zanahorias, espinacas, chíncharos, betabel, naranjas, el jugo de varios limones, azúcar, apio, dos manzanas,y un durazno… desde luego sin el hueso. Todo esto lo dispuso dentro del vaso de la licuadora acompañándolo de 3 cucharadas copeteadas de gránola, hecho esto, procedió a armar la licuadora con su motor el cual en unos segundos dispuso de lo que había dentro dejando un liquido entre verdoso y rojizo espeso, de aspecto repugnante, que vació sin colar en una vaso alto y le agregó dos hielos, llevándolo a la embarazada.

-Ten, bebe.

Con cara de verdadero asco, recibió el vaso la mujer diciendo -¿qué es esto?, ¿lo sacaste del caño?, no me lo tomo.

Tómalo, es alimento para el bebé, ya verás que de inmediato se va a calmar.

Más por el amor ciego que le tenía a su esposo que por pleno convencimiento, tomó el brebaje hasta la ultima gota, apretando la nariz cual si fuera un bebedizo de brujería

-No sabe mal- fueron sus primeras palabras-¿qué le pusiste?

No te digo porque te vas a vomitar...-¿ya dejó de moverse?

-Oye... si, casi de inmediato en cuanto llegó al estómago la... cosa esa que me diste, se calmó, mira, toca... ¿lo ves?

-si, creo saber que le pasaba: le falta alimento, así que cada vez que te pase eso prepárate un licuado de frutas verduras y granola, agregándole azúcar y jugo de limón. Mira, te voy a dejar en la mesilla de la cocina todos los ingredientes que le puse a tu... licuado.

Así fueron los últimos 3 meses para la familia, con licuados, alimentos normales, paseos al campo, atención al hermanito de 5 años, y cada tercer día, por el papá quien por su profesión se ausentaba de casa incluso todo un fin de semana pues sus estudios complementarios de su carrera, le ocupaban para obtener el grado que ansiaba.

Llegó el momento y nuevamente su propia tía fue la comadrona que recibió al nuevo ser:

¡Ahora si la hiciste buena comadre! Fueron sus primeras palabras al tener en sus manos al cuerpecito de la pequeñita- pues porque es una niña comadre, lo que quería tu suegra,¡ una niña!

¿Es verdad comadre? ¿Es una niña?

¡Si comadre, es una niña, ¡ repitió una vez más la hermosa mujer, morena, que en verdad amaba tanto a la madre como al padre del nuevo ser traído al mundo.

-¡Raúl! Ten a la gordita, tú eres el pediatra así que dale la atención que necesita- procedió a ofrecerle a la bebé al orgulloso padre, quien todo nervioso procedió a aspirar flemas y secarla, pesarla medirla y darle el primer amoroso beso de su padre.- Mi niña, ¿a quien te pareces? Eres muy bonita.

-¡Felicidades mamá!, gracias por este regalo que me haz dado ahora,... no sabes cuanto te quiero mi vida-fueron las primeras palabras recibidas por la parturienta de su esposo, el hombre de su vida y de su amor, ofreciéndole una sonrisa de satisfacción y cerrando los ojos por el descanso posterior al gran esfuerzo de traer al mundo una nueva vida.

¡Ñaaaaa, ñaaaaa, ñaaaa, ñaaaaaa!- fue la presentación al mundo de la recién nacida con unos gritos tan intensos que los abuelos, recién llegados a la clínica, posteriormente les dijeron que la oyeron prácticamente desde la esquina de la clínica donde había ocurrido el milagro de nacer.

¡Qué buenos pulmones tiene ese bebé!- fueron las palabras dadas por la abuela,-¿será del bebé de Raúl y Lourdes?

-No creo, se ha de tratar de otro niño más grande pues son lloridos muy fuertes y un recién nacido no llora tan fuerte.

Pero si, finalmente constataron que eran de la recién nacida, la pequeña dio su carta de presentación no muy apropiada pero sin embargo fue recibida con el mismo amor que otros niños pues había sido esperada con anhelo.

Recibió el nombre de Mariel

-Gracias mamá, gracias papá-que bonito se escucha cuando lo digo, no se equivocó el buen Dios, mi padre celestial, mis papás me quieren mucho, lo siento y sé que seré muy feliz en su compañía, papá, mamá... ¡los quiero mucho!..

Los días y los años transcurrían en medio de la felicidad, que solo se interrumpía cuando un nuevo ángel llegaba a formar parte de esa gran cantidad de pequeños, en espera de una familia a la cual llegaran para hacer felices a todos.

Uno de ellos, el más pequeño, pero a la vez uno de los más antiguos en ese paraíso, jugaba solo, entreteniéndose con un pequeño bicho que rondaba alrededor de una varita que sostenía en su manita, cuando finalmente el bichito se aburrió ascendió por el travieso y regordete bracito y voló ante la cara del ángel quien lleno de sorpresa lo observó alejarse volando.-

Una sonrisa se dibujó en su rostro y un gagueo muy propio de los bebés, brotó de su bien delineada boquita.

¿Qué haces mi angelito?-preguntó alguien a quien conocía a sus espaldas- ¡papito lindo!,- gritó de gusto-, no te esperaba, qué bueno que viniste, porque quiero preguntarte algo.

-Di pequeñito, sabes que siempre estoy para escucharte-fue la contestación del padre celestial- quien con su presencia imponía y a la vez permitía tener esa sensación de placer y amor que lo envolvía en todo momento.

Mi Dios, Padre mío, quiero preguntarte cuando voy a ser niño, cuando me asignarás a una familia en la Tierra, pues cada vez me siento .más solo, a pesar de que mi Madre me alegra con sus cantos y sus narraciones, siento que hay aún un amor mayor que es el de una mamá terrenal y quiero sentirlo.

-Paciencia angelito, paciencia, sé que te inquieta eso y por tal motivo te he buscado, pues la familia que quieres y la madre que te espera, ya están en la mira, es más, ahora mismo vamos a ir con ella.

-¡C-c-como! ¿Ya voy a ser el alma de un niño?-

-Así es pequeñín, en este momento tus futuros padres se encuentran en pleno momento amoroso en el cual ellos no lo saben pero te habrán de concebir así que, sin más preámbulo, ¡ve y disfruta de la vida! A partir de este momento eres el alma de un nuevo ser viviente y serás... ¡una niña!-

El pequeño ángel desapareció al momento pero inmediatamente tomó lugar en el nuevo ser que lo acogió con ese amor que solo las madres pueden ofrecer.

-¡Qué hermoso, que bien se siente! Hasta creo estar con mi madre celestial en su regazo, pero... no... no es ella... es...es... mi nueva mamá. ¡Mamá! ¡Ya estoy aquí!

El nuevo bebé empezó a crecer, y a crecer y a crecer y su madre empezó a adelgazar y a adelgazar y a adelgazar, haciéndose cada vez más notorio el aumento de tamaño de su abdomen, tanto que impresionaba tan solo verlo en la aparentemente frágil mujer, tal parecía, en el ultimo mes, que reventaría ese voluminoso abdomen, pero no, así son las cosas y llegó a feliz termino ese pesado (¡y vaya si no!) embarazo sin que uno y otro se quejaran, sin que la madre sintiera el peso del nuevo ser y el nuevo ser no sintiera que su crecimiento era tan pesado para el cuerpo de su madre, pero... así son las cosas.

-"Mamá, que bien se siente aquí con todas las comodidades que pueden esperarse. No creí que así fuera y es mucho más confortable de lo que creí, no dan ganas ni de salir de aquí, ¡ay mamita, que rico se está aquí!

-¡Épale! No aprieten, ¿qué les pasa?, esta es mi casa y de nadie más.

¿Qué está pasando?, otra vez me aprietan, ¿pero que no ven que yo vivo aquí y estoy muy a gusto?¡Aaay! ese si dolió, pero,¿ que pasa?

-Ten calma, mi pequeña, no pasa nada malo, solo que estás naciendo- fueron las palabras emitidas por el Señor, quien con esto la tranquilizó.

-Padre mío, Mi Dios, me hubieras advertido, gracias, gracias por decirme, ya me tranquiliza esto, gracias y... Adiós."

Señora Lourdes, es una niña- fueron las palabras del medico- atento, calmo, tranquilo, sabiendo lo que hacía- continuó su perorata,-¿se la paso Doctor Oliver?- porque pesa algo.

Si Doctor, démela, ¿como está mi esposa?

¡OH, no se preocupe por ella, está bien!- fueron las palabras tranquilizadoras del médico quien entregó al bebé para recibir la atención del pediatra: su propio padre.

-¡Así que tu eres mi papá!... ¡papá!, que bonito se oye, gracias, gracias por desearme y querer que naciera.

-Lulis, mira al bebé que trajiste, chiquita, está enorme, pesa... ¡4kilos! con razón te veías como te veías- soltando una risotada de alegría ante la pequeña.

Bienvenida al mundo y a la familia, .bomboncito.

Acércala, deja verla- fueron las palabras que alcanzó a decir la madre, quien llena de amor y al acercar a la pequeña, le dio un beso de bienvenida.

Pero... me falta uno pues mencioné a cinco ángeles, ese último fue concebido antes que la gordita que llamamos Agnes, pero... desgraciadamente fue llamada por el mismo Dios apenas unos 2 meses después de concebirla.

Pienso yo que fue llamada antes de tiempo y arrepintiéndose de presentárnosla, para ser motivo de una labor muy especial. Es más, me atrevo a decir que fue llamado este angelito que no conocimos para ser el ángel guardián de .los niños que posiblemente he atendido y que por sus cuidados- y no los míos- .se ha encargado de sacarlos adelante, pues... para eso son los ángeles de la guarda, ¿no lo creen?

Éstos son mis cinco ángeles que para mí y mi esposa eso han sido, con sus cambios su propia idiosincrasia sus propios pensamientos y su vida muy particular, que hemos tratado que sean lo más felices que pudieran ser en el seno de nuestra gran familia.

2.-HISTORIA DE UN ÁNGEL.

HISTORIA DE UN ÁNGEL

¡Yo, Señor, yo!, por favor, Yo, ándale, por favor, ¡yo! ¿Si?, yo, por favor.

-No, aún no; aún debes de continuar con nosotros.

Pero…Dios, Señor, tú nos haz dicho desde que nos creaste que a cada uno de nosotros nos ibas a asignar un papá y una mamá y ya se han ido todos los que estaban conmigo y aún continúo aquí.

Sí, pero los elegidos aún no están preparados para recibirte, espera, dales un poco más de tiempo; ya crecerán espiritualmente y entonces… irás con ellos.

¡Ay Dios! Pero, es que, es que, yo sí, yo creo que ya debo estar allá, con ellos, míralos… ve a la mujer… cuanto llora… cómo sufre… cuánto te pide para que esté con ella… mírala, Dios, Señor, escucha sus ruegos, yo creo que ya tengo que estar allá.

¡Ay, mírala, pobrecita! Ya salió de con ese señor de la bata blanca con el que acude cada mes para ver si ya, si ahora sí. Pobrecita, mírala, atiéndela a ella, por favor Dios, ¿si?

No mi buen Ángel, yo sé que aún no están preparados para ti, espera un poco más, y, en todo caso, si ellos dos no maduran en un tiempo razonable, he visto a otra pareja que serían perfectos para ti, espera un poco.

Pero, Señor, Padre mío, ¿no te causa tristeza verla como sufre? Mírala, tan bonita, esos ojos… hasta se parecen a los míos, los brazos que me han de acunar, Dios, mírala, ¿no crees que ella es perfecta para mí? Y él, obsérvalo… ¿ves? Tiene la barba como yo, con una rayita aquí, ¿no crees que ya me parezco a él?, anda, déjame ir con ellos, que no ves cuanto están sufriendo porque no llego?

Entiende mi ángel querido, ¿Qué no ves que tú eres muy especial para mí? de todos mis ángeles a ti te ha elegido mi propia Madre para cantarte las canciones de cuna que me cantaba a mi cuando era bebé, te acuna como alguna vez me acunó a mí, te ha dado aquello que cada uno de ustedes, mis angelitos, reciben al ser creados pro mí pero a ti te ha sido otorgado de una manera muy especial, pues además del amor del Padre, que soy yo, haz recibido el amor de mi Madre, que es mayor que el que yo te puedo otorgar. Por eso, mi angelito, tienes que esperar el momento apropiado para llegar con esa pareja y yo pienso que aún no están listos. Les falta… como te lo explicaré para que me entiendas… algo mas de cariño hacia un ser extraño a ellos… un dejo más de humildad para darse totalmente a alguien extraño a ellos como vas a ser tú, mi ángel, y yo no quiero que sufras por falta de amor filial y con un cariño a cuentagotas, pues tu debes de recibir el total del amor de la pareja y el desprendimiento total de sus personas hacia ti, como lo he hecho yo y lo ha realizado mi Madre aquí, con nosotros, arrullándote, canturreándote, apapachándote y dándote los besos amorosos con que te ha provisto y que a mi me dio en mi momento antes de otorgar a la humanidad mi propia vida en señal de amor para salvarlos de sus pecados.

Por eso, angelito mío, es por lo que no quiero que te vayas aún. Todavía les falta, aún están verdes, no han madurado lo suficiente y tú, ángel, mi angelito querido, necesitas que maduren para que te merezcan totalmente.

Sé que tú les vas a otorgar un amor sin restricciones porque mi Madre te lo ha enseñado, y por lo mismo, yo quiero que a ti te lo otorguen de la misma forma y aún más, el doble, pues ellos son dos y doblemente te deben de dar todo, el doble de besos, el doble de cariño, el doble de amor. Eso, eso es lo que quiero para ti, que eres aquí el ángel favorito de mi madre.

Pero Señor, Dios mío, por favor, entiéndeme- imploraba una y otra vez este ser, tan puro, tan simple, tan radiante, que brillando con una luz tan intensa y tan especial, proporcionada por el amor del Padre y la Madre Eternos, tan intensa, que opacaba la luz emanada de los demás ángeles que rodeaban en ese momento a nuestro Dios,.

- Yo creo que ya deben de recibirme, si aún no están preparados, creo que con mi amor y mi cariño, yo podré hacerlos entregarme su amor total y toda su atención para que en todo momento sea feliz con ellos, para que no sufra de desatención, de olvido, de maldad. Creo que yo,…yo… puedo hacerlo. Míralos, ¡pero, pobrecitos! Cuanto sufren, están llorando los dos, míralos, ay, señor, mira, mira a mi mamá, tan, tan bonita, tan… dulce, con esos brazos que ya me esperan… mírala, señor, mírala. Y él, que guapo está, esa barba que le luce tan rasposa, tan de hombre, con esos ojos melancólicos y audaces que cuando lloran siento que llora el cielo con ellos. Míralo bien señor… ¿no crees que me han de querer mucho?

-Bueno, ¡Basta!, no se hable más, ve con mi madre y cuéntale lo que me haz dicho y el día de mañana lo platicamos tú y yo. Por hoy creo que es suficiente. Anda ángel mío, el favorito de mi Señora Madre, basta por hoy y ve con ella que te busca para contarte un cuento de los que ella cuenta tan hermosamente para ayudarte a soñar con la felicidad que tendrás cuando tus padres te tengan con ellos. Ve mi angelito ya mañana veremos.

Siguiendo la indicación de su Padre eterno, de inmediato obedeció el pequeño ángel al Padre acudiendo al llamado de la madre de toda la humanidad. María. Para acunarse en sus brazos, sentir su calor, y escucharla contar esos cuentos que solo ella le contaba tan hermosamente y que siempre finalizaba con ese tan hermoso canturreo que dice así: "a la rurrú niño, a la rurrú ya, duérmete mi niño, duérmeteme ya….".

El nuevo día llegó, esplendoroso, con una vitalidad digna de todo aquello creado por Dios, con una luz hermosísima, que al tocar las nubes que rodeaban a los ángeles, los acariciaba de tal forma que su suave toque bastaba para despertarlos al iniciar un nuevo día y así iniciar sus nuevas correrías en ese su mundo de fantasía, de felicidad y de juegos eternos a escondidas y a correteos unos a los otros hasta que finalizaba el día y la Madre de todos los llamaba a cantar y a escuchar su voz así como sus arrullos.

Pasaba del mediodía, cuando Dios, Nuestro Dios, el Dios tan especial al que el pequeño ángel había implorado su concepción entre los seres humanos, lo llamó ante él, hablándole así con esa su dulcísima voz y el tono tan conocido del ángel cuando se dirigía a cada uno de ellos:

Bien mi angelito, el mimado de mi madre, te llamo para darte una buena noticia que ha de llenarte de felicidad: he tomado una decisión. Me ha costado mucho trabajo decidirme, pues ya te he dicho que eres el favorito de mi Madre, pero ella también cree que es el momento para que hagas felices a esa pareja que tanto has observado desde aquí y esperamos que ellos, a su vez, te hagan aun mas feliz en tu estancia con ellos. He decidido enviarte a ser concebido por esa pareja que tanto te agrada así que prepárate porque el día de hoy por la noche, deberás ingresar en el amor terreno para ser concebido. Despídete de mi Madre y de los demás ángeles que, como tú, esperan asignación para nacer.

¡Gracias Dios!- casi lloraba de emoción el ángel, que pegó un brinco al conocer el total de la noticia- enseguida voy con mi madre a comunicárselo. ¡Gracias!- no cabía en sí de la emoción, y partió ante la Madre para contarle la buena nueva.

¡Madre!¡Madre!¡Madre!- gritaba a pulmón abierto-¡Madre!

¿Qué te ocurre mi pequeño? ¡Cálmate! ¿Porqué esos gritos? Casi me ensordeces ¿Qué te pasa?

Madre, ¿no te lo ha dicho?

¡Qué!, ¿Quién?

Mí padre, tu hijo… este… Dios… ¿no te lo ha dicho?

No, ¿de que se trata?

¡Ay madre! Qué por fin voy a ser niño… se ha decidido enviarme a nacer para vivir con aquella pareja tan bonita que a diario veo desde aquí y a la que ya siento querer.

Pero ¿Quiénes?

Señora, los dos que te señalé el otro día, aquellos que desayunaban para acudir a su trabajo, la señora bonita y el señor ese guapo que me dijiste que te caía bien, el de la barba como la mía.

¡Ah! Ya recuerdo, si, ya sé a quienes te refieres… mi ángel, ¡qué bueno que es con ellos! Creo que te van a querer tanto como yo y han de atender todas tus necesidades que como niño habrás de tener y conforme crezcas sabrán otorgarte los cuidados necesarios para que, finalmente, algún día, como ellos, tú también formes una familia. ¡Qué bueno mi angelito querido!" me da mucho gusto aunque aquí te voy a extrañar y mucho pues tú haz sido el más especial de los ángeles que mi querido hijo ha creado. Te felicito.

¡Ay Madre, yo también te voy a extrañar mucho! ¿Te vas a acordar de mi alguna vez?

¿Alguna vez? Siempre mi tesoro, haz de saber que esta tú madre eterna se acuerda de cada uno de los ángeles que han estado aquí antes de ser concebidos por parejas buenas y de ti… ¡como crees que voy a olvidarte! Si haz sido hasta ahora mi consentido, ya que me haz alegrado en los momentos mas difíciles como aquella vez que me trajiste una hermosa rosa.

Cuando me viste llorar por las calamidades del Mundo y su olvido de la espiritualidad. Tú hiciste renacer el amor que debo de derramar sobre ellos con esa pequeña rosa que me trajiste. ¿Tú crees que te he de olvidar? ¡Claro que no!

Anda, ve, prepárate, despídete de todos los demás ángeles con los que hasta ahora haz jugueteado aquí, en este paraíso que es el Reino de mi Hijo tan querido.

El ángel, inmediatamente partió ante sus demás compañeros de juegos, a dar la buena nueva, de que todos se congratularon como si ellos fueran los que iban a ser concebidos.

Llegó el momento y totalmente nervioso se dirigió al Señor un momento antes de que le indicara que era el momento exacto del milagro de la concepción:" "¡Gracias Señor!" . Asintió el Señor con un leve movimiento de cabeza y, al momento que hacía un pequeño movimiento de su mano para indicar la concepción de un nuevo niño, inmediatamente desapareció el pequeño ángel para llegar a su nuevo hogar.

¡Ay que rico! ¡Mamá! ¡Papá! Soy yo, ¡Ya estoy aquí!, gritaba, pero no era oído aún. La pareja dormía profundamente uno en brazos del otro después del máximo acto de amor y placer otorgado por Dios a los hombres. Aun ignoraban que 9 meses después serían padres.

El momento llegó. El nacimiento del nuevo bebé se desarrolló como se esperaba y se anunció su llegada:

Acaba de nacer tu bebé, felicidades.

¡Ay Dios! Así que… ¿esto es nacer? ¡Qué luz tan intensa! ¡Cuánto frío se siente! ¿Aquí voy a vivir? ¡Ay no! Señor, llévame de regreso con tu Madre.

¿Y estas sombras quienes son?

¿Ya nací? ¿Si?

¡Donde está mi mamá!

¡Mamáaáaa!

¡Grulp! Y esto que es? ¡Grulp! ¿Otra vez? ¿Quién fue? ¡Grulp! ¿De que se trata? ¡Oye, sácame esa cosa dura de mi boquita! ¿Me quieres ahogar? ¡Grulp! ¿Otra vez?

¡Mamá!¡Mamá! ¡Ayúdame! No se quien me quiere ahogar con esa cosa fea en mi boca.

¡Grluppp¡AAAAA!

¡Gña, ña, ña, ña!

¿Yo hice así? ¿Así hablo? Si, creo que si.

¡A, A, A,A!¡que rico! ¿Qué es esto? Este aire si que sabe bien… ¡A, A, A, A!

Doctor, ¿ya cierro el oxigeno? ¿No va a necesitar el aspirador?

No señorita, gracias, creo que solamente con la perita saca flemas basta, ya "agarró "color mi nieto, gracias.

¿Qué le pasa Doctor?¿ que tiene en los ojos?

¡Ay señorita!, es mi primer nieto y si,… estoy llorando, que cosa tan bonita se siente al ser yo el que le dio el primer aliento de vida. Espéreme un momento… no puedo ni ver… ya, este, gracias.

- El hombre habló para sus adentros:"pero, que niño tan hermoso, ¿en verdad es mi nieto? Mi Rey, bienvenido al mundo, papacito, que bonito eres, ¡que bárbaro! ¡Como pesas! ¡Eso, así, así mismo! ¡Patalea mi Rey! ¡Para eso viniste al mundo, para luchar por tu lugar en él!¡Bravo mi Campeón! ¡Mírenlo familia! ¡Abuelos míos, tíos, padrinos, mí prieta hermosa, míralo, es tu sobrino, véanlo, ¿no es hermoso? Él son ustedes y soy yo, somos todos, véanlo, donde estén persígnenlo! Es mi nieto, ¡MI NIETO! ¡MI NIETO! ¡Que bello eres hijo, estás hermosísimo! ¡Bravo! ¡Bienvenido mi Rey! ¡Ya estás con nosotros!"

Doctor, ¡Doctor! ¿No se lo va a enseñar a la mamá? ¿Qué le pasa Doctor?

Perdón, disculpe, este, si, ahora se lo muestro.

Aquí está tu niño, míralo… un besito… su primer beso.

Mi hijito,… ¡que bonito está! ¿No señor?

Pues… que te puedo decir, si es mi nieto.

¿Me lo va a dejar aquí?

No, hay que pesarlo, medirlo y secarlo y ponerlo guapo para que lo conozcan todos. Está afuera toda la parentela y están esperando conocerlo.

¡Así que tú eres mi mamá!

¡MAMÁ! Ya estoy aquí.

Y este otro,… es mi abuelito… que chistoso… y está re grandote… y re-gordote… no como Dios,… pero… se ve bueno… creo que voy a estar contento.

El resto de la reanimación y preparación del nuevo bebé para ser presentado al mundo se desarrolló sin contratiempos; fue pesado por primera vez, medido y vestido con todo aquello que por meses la pareja al igual que toda su ansiosa familia, habían estado preparando para este momento tan especial: la presencia de un nuevo bebé. Atrás quedó la incertidumbre, el temor, la duda (¿estará completo el bebé?). Las profecías de todos se realizaron por encima de las expectativas. Se trataba de un bebé saludable. Una vez vestido y con buen cobijo, el orgulloso abuelo procedió a presentarlo a la nueva sociedad: toda su nueva familia.

Ten a tu hijo… ¡Felicidades , papá!.

¡Ay, y ¿ahora que me hace?¿ adónde me lleva? A caray, pus creo que es mi papá… si… es mi papá… a ver…

No mi papá no está tan mugroso… pero… si… ¡SI! Es mi papá ¡PAPÁ! YO SOY TU Hijo… bueno, creo que ya lo sabes… ¡papá! No sabes cuanto ansiaba conocerte… y a mi mamá. Gracias por desearme .. Sé que seremos muy felices y que así como yo los voy a querer, ustedes también me van a querer... ¡Ah, papá! ¡Oigan, amigos allá arriba!, ¿me ven?

Este es mi papá... la que se quedó allá no sé que le están haciendo acostada... es mi mamá. Adiós.

Papá, ¡que bonito se oye!, que bueno que me trajiste aquí, solitos, tu y yo...¡tengo tanto que contarte! ¡tengo tanto que mostrarte de mí! De lo que soy, de lo que me gusta, de lo que quiero saber, de lo que tú me tienes que enseñar... ¡Ay papá!, quiéreme mucho, mucho, mucho, como Dios me ha querido allá arriba... ¡papá!... ¡mi papá!... tú eres mi papá. Gracias papá, por desearme. Gracias. Ahora déjame dormir un poco, ¡estoy taaan cansado!

¿Señora?...Nnno, no huele igual... ¡Es mi mamá! Pero me acurruca igualito a mi Madre Celestial, pero... como más rico..., como más calientito..., como con... ¿más cariño?.

Mamá, que rico hueles... mmm... ¿y esto? ¿Qué es? Glurp... ¿ahora tu mamá? Glurp... qué es esto... mmm... mmm que rico sabe... ¿Qué es? Sabe a lo que nos daban con Dios para que nos conserváramos bien...mmm... ¡Ay Dios! Creí que no te iba a ver más... pero... mmmm... esto es estar contigo otra vez....mmmm. Oye mamá... ¿que otra cosa me vas dar para que no extrañe lo de allá?

¡Brruulllp! ¿Yo hice eso?

¡Brruuulllp! ¡Ah, que descanso!

¡Ay señor! ¡Me estoy desbaratando! ¡Me...me... salgo! ¡MAMÁ!... ¿Qué me haces? ¡Qué rico! ¡Otra vez! ¿Ya?, pues no... sigo vivo, no,... creo que así soy.... Como... me salgo... ¡bueno así va a ser creo yo... ey, ¿y esto? Que calientito... ¡UPS! Otra vez me siento desbaratándome... ahora me estoy derritiendo... se siente como cuando me bañaba mi Madre allá arriba... ¡Mamá! ¡Ven! ¡Ah, ah! Que manitas tan suavecitas tienes... ¡ah! Ahora si estoy bien.

¡Oh no!¡ Qué de gente! Creo que llegué a un lugar con locos ¡como gritan! ¡Ya cállense! Señor, Dios, llévame de aquí, hay mucho ruido y… ¡como me aprietan!.. ¡Ya señora, ¡Basta! No me toque más mi barbita porque voy a llorar… que voy a llorar señora… señora, ya le dije: voy a llorar… Ñáaaaa, ñaaaa, ñaaaa. ¡Ya era hora papito! Saca a "ésa"… si, a esa que me agarra a cada rato mi barba si, a esa. ¡Como!¿ Y todavía le das un beso? Bueno, creo que es la forma que usan aquí para correr a la gente… ya se va… ¡qué bueno! Si, señora, ya váyase. No se atreva a agarrarme mi barbita de nuevo porque le hablo a mi papá… ¡fiuuu! ¡Ya se fue!… yo creí que… bueno, por fin nos quedamos solos los tres ¿no es verdad? Papá… Mamá… ¡LOS QUIERO MUCHO, NUNCA ME DEJEN SOLO! ¡Qué bien se siente cuando estamos los tres solitos! ¿No lo creen?

Mamá… como te quiero… no sabes desde cuando te empecé a querer, desde… que te acostaste con mi papá la primera vez. En ese momento supe que tú ibas a ser mi mamá, Mamá.

Papá… ¡PAPÁ! Que bonito se oye… y… espérate a que lo hable con mi propia voz… ojalá estuviera mi Primer Padre, Dios, para que te explicara y te dijera que bonito suena cuando yo te lo digo… bueno… cuando aprenda a decírtelo con mi voz y en tu idioma, pues allá arriba, aunque nos entendemos a las mil maravillas, tú y mi mamá no entenderían como hablamos. Espérate… solo espérate y ya verás como aprendo bien rápido a decirte ¡PAPÁ!

MAMÁ…PAPÁ… ¡LOS QUIERO MUCHO!

3.- ESE ÁNGEL ESPECIAL

ESE ÁNGEL ESPECIAL.

Papá, papá!- en forma por demás urgida, casi gritaba el pequeñito, quien se colgaba prácticamente de las ropas del Señor-papá!- fue un grito tal, que hizo que todos los presentes guardaron silencio.

Oye, hijo, ya te oímos todos-fue la repuesta del Señor, quien dirigió su mirada hacia el sitio del que surgió ese grito tan desesperado y que surgía de una altura hasta las rodillas de el.

-¿que desea mi pequeño?

`El pequeño, sonrojado por aquel grito que había surgido de su garganta, casi sintió que desaparecía de la faz pues fue tan intenso el grito que nuestra madre, la virgen Maria, que se hallaba a unos 50 metros del incidente, acudió presurosa al escuchar ese grito.

Hijito, qué te ocurre?-fue la pregunta de la dulcísima Madre de Dios y de todos nosotros que al instante hincó la rodilla para alcanzar al pequeñín tomándolo amorosamente en sus brazos y acurrucándolo-mi niño, cálmate, que te ocurre?

Madre, Padre, ay, que pena!- alcanzó a responder, totalmente avergonzado por el intenso grito.

Era pequeñito, con unos ojos que llamaban enormemente la atención, tan igual y tan diferente a los demás pequeños ángeles, habitantes perpetuos de la morada celestial, con unos bracitos que llamaban a acariciarlos y esas piernitas regordetas e inquietas; permaneció por fin en silencio, esa boquita tan pequeñita, bien formada y desde luego llamando poderosamente la atención, la barbilla partida que lo distinguía aun mas de todos los demás, integraban un todo armonioso atractivo y con un carisma que permitía ver el gran atractivo que luciría al nacer.

Bueno, habló Dios, ¿que deseas?

P...p...padre, discúlpame, pero es que hace tiempo quería hablarte, solo que siempre estas tan ocupado que no hallaba el momento de hacerlo

Si hijo, son tantas mis ocupaciones que en ocasiones me olvido de ustedes, pero, dime,¿ cual es tu preocupación?

Bueno, habló el pequeñín: aquellos que fueron creados casi al mismo tiempo que yo, ya se han ido y pues yo quiero preguntarte 2 cosas:

¿A dónde se han ido? Y ¿Es tan bonito donde van que no regresan?

- ¿Eso te preocupa?, bien, te voy a explicar angelito mío, efectivamente se han ido uno a uno tus otros compañeros de juego porque había llegado su momento para ir a otro plano, a otra dimensión en la cual habrán de cumplir el motivo de su creación: formar parte de una familia que los ha de recibir para ser felices, motivo y fin de su presencia en la Tierra, aunque algunos lo olvidan al tomarse demasiado en serio ellos mismos, sin embargo ese es el motivo de ser enviados a ese otro lugar de mi creación.

-Bueno, ¿y yo cuando?

Ay pequeñín, ya muy pronto, mientras tanto, goza tu tiempo aquí, con mi madre, escuchando sus cantos, sus cuentos, los juegos que siempre prepara para ustedes, anda, ve con ella. Yo te he de hablar para partir a la tierra en su momento.

Conforme con estas palabras y obedeciendo a nuestro Dios, permaneció en esos brazos maravillosos de nuestra madre María recibiendo un suave y amoroso beso en la coronilla quedando mas que feliz e imitando los cantos de nuestra madre, laleando las letras cantadas por ella haciendo su regocijo.

Días después, jugaba con los demás ángeles juntando flores de mil colores, seleccionándolas y haciendo cada uno de ellos un vistoso ramo para entregarlo a María.

Los observaba otro pequeño, con enormes ojos, cara regordeta y manitas nerviosas sin atreverse a acercarse al grupo pues aunque no era tímido, tardaba un poco en entablar amistad y mas aun, al momento de los juegos el quería ser el primero en todo, lo que le acarreaba discusiones-¡al fin niños!- discusiones que finalizaba ora María, ora Jesús, haciendo al fin las paces jugando felices todos.

Se aproximó el pequeño del inicio de nuestro relato hablándole así:

-Hola, ¿Qué haces?

-Nada.

-¿Que es nada?

-Pues… nada, nada; nada es nada ¿Qué no entiendes?, nada.

-Bueno, no te enojes, sigue haciendo nada y luego me cuentas que tan bonito es hacer nada, pues yo creo que ha de ser muy divertido ¿no?

-Pues, a veces no y a veces tampoco y yo de tanto nada ya me harté de nada y quiero enviar nada a… nada.

-Pues no te entiendo, pero… ¿que tal si vienes con nosotros?

-¿Y se puede saber que hacen?

-Hacemos un ramo de flores para mamá.

-¿Los ayudo?

-Claro,¡ven!, ¡oigan, amigos, viene… ¿como te llamas?

-mm, ee, este…milito, si, milito.

-Viene "milito" a juntar flores con nosotros.

-Vaya, que bueno.

-Si, ven milito.

-si milito, junta de éstas, son las mas olorosas, ya veras que mamita va a estar feliz.-finalizó una niñita de mirada pizpireta (¿que niña no tiene esa mirada?)

Y sonriendo se reunió con los demás.

-Niño, ¿y tu como te llamas?-preguntó el recién llegado al pequeño que lo invitó a las flores.

-No sé todavía, pero Dios me dice "Liyitas", ¿Qué te parece?

-Que raro, pero bueno, Liyitas, ven conmigo y vamos a juntar florcitas de olor para mamita.

-Si, vamos manito, a ver quien junta las más olorosas.

Y riendo, tomados de las manitas, se fueron aproximando a cada flor para oler la más fragante.

- -

-Mamá, mamá, no encuentro a milito, ¿no sabes donde estará?

-Lo llamó mi hijo, Jesús, ve y pregúntale a El.

Mortificado y nervioso, pronto acudió ante el Señor quien se encontraba meditante a la sombra de un árbol.

¡Papá!-exclamó ante la vista del Señor-te he buscado por todas partes y no te vía y ¡por fin te veo!

Sonriente ante las palabras mochas del pequeño, quien ante la alegría de encontrar al señor flotaba casi a la altura de sus ojos, sonrió de esa forma tan especial que tiene, se dirigió a el:

Hola hijo, ¿Qué deseas?-fue la pregunta entre divertida e interrogadora del Señor hacia el pequeño-te he observado desde hace rato buscándome.

Ay PA no encuentlo a milito y no se donde buscar.

Calmate pequeñín, yo te lo voy a mostrar, ven conmigo.

Cargando al pequeño ángel sobre sus hombros partió el Señor a la primera nube que apareció y colocándole suavemente sobre ella, señalo hacia abajo:

Míralo, allá está, ha partido con su mamá pues ya lo estaban llamando pero decidí que antes jugara un poco contigo aquí para que lo conocieras pues mas adelante lo vas a volver a ver y será para toda la vida pues quiero que sepas, mi pequeño ángel, el consentido de mi madre, que milito, como el solo se llamó, habrá de ser tu hermanito junto a tu mamá, por cierto mírala, ¿te agrada?

¿E-e-ella es mi madre?-preguntó sin salir del asombro y ver a la mujer quien ya mostraba un abultado abdomen producto del nuevo niño en camino.

Si hijito, muy muy pronto tu también estarás con ella para vivir esa felicidad de pertenecer a una familia.

Y y y ¿no puede ser ya?-inquirió el pequeño quien de puro nerviosismo tartamudeaba.

¡Ja,ja,ja! no hijo, donde crees primero deben ellos conocerse y darle amor a tu hermano para que después, antes de lo que imaginas intenten volver a ser padres y entonces, solo entonces, tu serás llamado ante ellos.

¿Es verdad mi señor, padre mío, es cierto eso, voy a ser niño pronto?

Si, sí, pero…tranquilo, cálmate, ya te llamaré cuando eso sea y mientras… anda, ve con los demás a jugar, a reír a gozar todo lo que yo les he preparado para sean felices aquí.

Si PA, gracias PA, ya voy PA, que bueno eres PA, les voy a contar PA… y también a mi MA PA, si PA.

Jo,jo,jo,jo, -no paraba de reír el Señor ante el nerviosismo del chiquitín-anda, ve, y… ¡tranquilo!

Así partió hacia los juegos de los demás, quienes se le acercaron a preguntar porque había estado con Papá.

Atropelladamente pues no salía de su alegría y nerviosismo les contó rápidamente aquello que le mostró el Señor, el padre de todo ser vivo.

-Que bien- habló una pequeñita quien sonreía ante el relato entrecortado del pequeñín, quien mostraba unos ojito pizpiretas, oscuros y una sonrisa cautivadora-incluso los demás en mas de una ocasión le habían pedido que sonriera,

Haciéndose del rogar y feliz de que se lo pidieran sus demás hermanos-y en un gesto espontáneo lo abrazó y le plantó un beso en la frente.

¡AY!- fue la única exclamación del pequeño quien sonrió hacia ella en gesto de aprobación y entornado dulcemente sus ojos en forma cariñosa.

¿No te gustó?-pregunto intranquila la niña.

S-s-i, balbuceo el pequeño ángel.

¡Ah!- fue la lacónica respuesta y ambos empezaron a reír a carcajadas siendo acompañados en sus risas por los demás.

Pasaron los días y los meses y los años entre juegos, risas, bromas, cantos, arrumacos con Nuestra Madre Maria, cantos y relatos de ella que a todos embelezaban, como aquel en que ante peligro inminente de perder la vida El Señor, siendo niño, se le ocurrió ocultarlo en su ropaje siendo descubierta por la soldadesca quienes, espada en mano, la obligaron a mostrar aquello que ocultaba en su ropa siendo grande su sorpresa al observar, al igual que los soldados, que el niño se había transformado en un hermoso ramo de rosas.

Este y otros relatos hacían parte de la vida de los Ángeles, esperando el momento de llegar a ser niños en el mundo de los hombres.

La pequeña del beso pasó a formar parte del grupo de Ángeles con los cuales jugaba y reía, había suplido a las maravillas a milito en sus juegos y pasaban los días formando ramitos de florecillas que adornaban con nubecillas ora azules ora de color violeta-el preferido de la pequeña- o arrancando del ambiente el mas hermoso rayo de luz aplicándolo en su ramo y los entregaban a nuestra Madre Celestial quien satisfecha y amorosa lo recibía una y otra y otra vez.

Por fin te encuentro, mi pequeño, y te tengo grandes noticias…. A que no sabes.

Si, ya sé, ¿es verdad Señor?

¡SI!-fue la respuesta de nuestro Padre, quien sonriendo se dirigió al pequeño- ve y habla con mi madre y avísales a tus hermanitos que te vas pero que mas adelante se han de ver, anda, ¡ve!

Ilusionado y sonriente el pequeño ángel se retiró a hablar con su madre Celestial quien le dirigió una sonrisa encantadora y le besó en la coronilla.

Bendito seas mi pequeñín, cuando tengas dudas, apuraciones o no encuentres respuestas, acuérdate que aquí estoy yo, que soy tu Madre primigenia y que un buen consejo o una salida a tus problemas te la haré saber, anda, ve y se bendito, acuérdate mucho de mi y cada vez que abraces o beses a tu Madre terrena lo hagas pensando en mi.

El momento tan esperado llego tomando a nuestro pequeño ángel desprevenido al realizar la transformación de ser etéreo a simple mortal percibiendo el sitio al que llegó de la siguiente manera:

¡Aaaaayyy! Papá me dijiste que hoy mismo estaría con mi madre y me devuelves con Nuestra Madre, ¿porque me engañaste?

-hijo mío, yo no engaño, recuerda siempre que soy la verdad, el principio y el fin, soy el verbo encarnado y que todo obedece a mi plan especial para cada una de las criaturas de la Creación y tu eres una de ellas, un ser perfecto único y especial y tu, recuerdalo, haz sido creado por Mi, tu padre celestial para alcanzar obras maravillosas y únicas a las cuales te he predestinado siguiendo esta obra única que es la Creación.

Padre, padre, perdona pero es que por un momento sentí que estaba nuevamente con mi Madre Celestial.

No hijo mío, haz sido concebido como un nuevo ser humano con todas tus potencialidades para que seas el ser mas brillante de mi Creación siempre y cuando seas capaz de utilizarlas sabiamente y las desarrolles hasta el infinito. Solo me queda bendecirte y desear que llegues a ser el individuo especial que creé cuando te di el ser y la capacidad de convivir con mis hijos allá arriba con mi Madre y esa misma capacidad la logres con tu padre y tu madre en la tierra que ya te esperan con verdadera ansia y te han de llenar de lo necesario para que seas feliz con ellos pero sobre todo de: AMOR.

Uy prima, es un niño y esta muy bonito, oyelo, como llora, que pulmones tiene y... esta muy bien.

"esta muy bien", "esta muy bien", claro que estoy muy bien pues mi Padre allá arriba así me hizo, todito, completo, muy bien, sin errores y mis papás de "acá" pusieron lo suyo para que estuviera "muy bien", claro pues por eso son mis papás.

-Padre, ya estoy aquí, ya llegue!

-Al fin! SOY UN NIÑO!

Y soy… soy…soy… E-L-I-A-S.

El intenso grito se escuchó hasta el mismo cielo y recibió la bendición no solo de Nuestro Señor, Dios del Universo y de todo lo visible e invisible sino también de Nuestra Madre Maria quien lloró lagrimas de alegría ante la presencia de un nuevo niño en la Tierra, esperanza de Luz Amor y Misericordia para la Humanidad.

-Fue una nueva alegría para sus padres: Liliana y Raúl.

Bendito seas nieto mío.

-

4.-EL ANGELITO

EL ANGELITO.

Anotación observada en el diario de la abuela de este angelito:

"*Miércoles 31 de Octubre.*

Hoy el bebé pesa 1520grs. Y ya no tiene el casco que aumenta la concentración de oxigeno. Hasta parece astronauta; el oximetro (aparato que mide el oxigeno en sangre) ya no lo tiene, eso es buena noticia. Gracias a Dios. En la noche del mismo día le ponen de nuevo el casquito. Fue necesario, le dijeron a mi hija... no comprendo. Cuídalo Dios que sea tu voluntad..."

Ahhh! Que, que pasa, tu hueles a-a-a si,....no! ¿o si?

Si! Yupi, ja,ja,ja, bravo, bravo, que gusto, yajajay, yiaaaa, ñia,ñia,ñia,ñia....

Por fin,... ¡Tú! Ay que rico, si, abrázame, si abrázame, no me dejes, si

Así, sigue a-a-a-a!¡que rico hueles mamita querida!

M-M-M-A-M-A ¡

Viniste por mi! Ay, que bueno, por fin, tu, yo, que padre!

No sabes lo feo que es esto, gente fea, disfrazada, sin ver su cara, que me lastiman, me meten ese tubote grandote en mi boquita, y luego ay! ¡Que horror! me pinchan a cada rato mis bracitos, mis patitas y si mira, acá, acá, en mi cuellito me lo cortaron y me dolió mucho, mucho.

¿Pasas a creer mamá?

¿Qué no les dijiste que soy muy chiquito, que el doctor que me trajo al Mundo declaró que soy "Prematuro extremo de 25 semanas de gestación" y que pesé' 900gramos solamente?

Y una vieja horrorosa a cada rato me aprieta mi patita y luego, luego me la pica (se refiere a el chequeo de el azúcar en sangre, llamado medicamente dextrostix y en bebés de bajo peso se realiza hasta cada 3 o 6 horas).

Si, si, cárgame mamá, cárgame, asi,asi…!aaah!, que ricos son tus brazos, mamita , tu, que rico hueles,!mmm! hueles como mi mamita del cielo, mamá, pero, pero,…!ah, mmm, que calientitos son tus brazos! ¡No me dejes ya mamita! -En ese momento el pequeño gimió tristemente-Mamá, Mamá, ya no me dejes mamá, sigue cargándome, llevame contigo mamita.

¿Me ves? Soy yo, tu niño, soy yo mamita mía cuídame, protégeme no los dejes que me sigan haciendo daño.

Ay, y… pero ¿como,… como lo cargo? Se me va a caer doctor… mejor no.

-ande, car-gue-lo, no se le cae, aproveche ahora que despúes en la otra sala ni tan siquiera va a poder tocarlo, cárguelo!

Temerosa de soltarlo la joven madre sostuvo al pequeñísimo bebé acunándolo en sus manos.

Mírelo Doctor, se ríe…. Mi bebe… mi Rodrigo.

Apúrate flojo,- dulcemente y quedito, muy quedito, para que solo el pequeño la escuchara se dirigió a el- come para que ya te vayas conmigo, allá afuera te esperan muchos primitos, tíos y tus abuelos; tu abuela arde en deseo de cargarte y apapacharte... hasta tus bisabuelos ya quieren verte, apurate mi niño.

Ay mami, mamita, mamá, -que bonito es decírtelo y mas bonito es tenerte tan cerquita de mi-...que rico hueles, que bonita eres, mamá, te quiero, te quiero mucho.

Mira, voy a tratar de hacer todo para que pronto me lleves de aquí, para estar contigo todo el tiempo y sentirte y, y, y gozar contigo.

Mamá, hay tanto que quiero saber, tanto que te quiero contar, tanto que vamos a disfrutar los dos, tú y yo que ya no puedo esperar para contártelo

Mamá, Mamá, ya estas conmigo mamá, nada me separara de ti mamá.

Lagrimas surcaron el rostro de la bellísima señora de rasgos finos, labios delgados, sonrisa hermosa y cabellos largos, lacios, negros, alta, muuy alta, quien no cabía de felicidad al ver a su hijo y por primera vez desde el día en que nació, mecerlo en sus amorosos brazos.

Ese cuadro tan conmovedor de inmensa felicidad del binomio que se acababa de crear fue suficiente para hacer brotar también, lagrimas de la Madre de todos nosotros, quien contemplaba desde su dimensión el cuadro.

Madre, no llores, ¿no ves que esta bien?

Ay hijo, lloro de felicidad por ese angelito mío, quien desde que fue creado me interrogó sobre su permanencia con los demás y su deseo de conocer a su madre, y ya vez, por azares del destino otro poco y no la conoce.

Si madre, así es y al ver esa felicidad de los dos no me arrepiento de haber ayudado a esa madre a superar el momento de nacer ese angelito que también a mi me insistía en que ya quería estar con su madre biológica a pesar de requerirlo aquí, conmigo pues necesito conmigo seres tan puros, tan exquisitos tan limpios, para el oficio de Ángel , pero tu insististe que lo dejara y, madre, tu palabra es ley para mi y obedezco.

"Mi rey, mi angelito el más pequeñito, te espero con los brazos abiertos y el corazón en la mano para entregarte mi amor y mi saber acerca de los niños", murmuraba para si, pleno de amor el hombre tras la mampara trasparente que apenas lograba ver la pequeña manita del recién nacido, aun en la incubadora, el abuelo del pequeño, quien soñaba con tenerlo en casa para darle todo su cariño y sus conocimientos para ayudarle a sobrevivir, pues era pediatra.

Finalmente llegó el momento que por obra de la ciencia y la bendición del Gran Hacedor, logró sobrevivir el bebé y fue recibido con gran beneplácito en ese hogar que ya le esperaba semanas atrás.

Han pasado los días y se han convertido en semanas y las semanas en meses y el pequeñín crece, llamando la atención de todos, esas risas que, solo, dirige al infinito.

¡Cosas de niños!- comentará la familia.

Es un bebé, por eso- dirán los amigos.

Más solo el observa lo que los demás no ven:

Ja, ja, ja, ay no, mamita, ya no, ja, ja, ja como me haces reír mami, ya, ya, ya mami, ya no mas reír.

Como extraño tus caricias, tus cosquillas que allá, con mi Padre celestial me hacías y me hacían tanto reír.

Hijito, hijito mío, te extrañado tanto que le pedí a Jesús, mi hijo me permitiera verte y aquí estoy. ¿Cómo estas?

Madre, mamita, ¿te haz acordado de mi?

Todo el tiempo, siempre te tengo a ti y a tus otros hermanitos presentes y ahora he venido a verte; veo que haz crecido y que tu mamá y tu familia te quieren y mucho, te acarician, te cargan, te apapachan.

Si, sobre todo mi mamá, que cuando regresas no se de donde, me hace reír... ¡igual que tu!... b-bueno... casi igual, porque, ¿sabes mami? Tu eres distinta, de ti siento tu caricia aquí, en mi corazoncito pero bien, bien adentro y siento que exploto de felicidad cuando me vienes a ver.

Pero... quiero preguntarte, ¿quienes son esos dos ancianitos tan dulces y hermosos que me hablan desde allá arribota?

Porque vienen me saludan y me dan un besito en mi frentecita y siento bonito. ¿Quienes son?

Bueno te lo voy a decir: son Lalito y Chuchita, tus bisabuelitos que te querían conocer y darte un besito pues no los conociste en vida pero... aquí los tienes, ¿Qué te parecen?

Son muy lindos, siempre vienen agarraditos de sus manos, se quieren mucho ¿verdad?

Si mi niño y a ti también te quieren y te van a cuidar siempre desde allá arriba donde están conmigo y con Pepe (San José) Son muy buenos y mucho te quieren.

Mamita, cuídalos mucho, se ve que son muy buenos.

Claro, ya sabes que a todos los cuidamos y ellos te verán siempre aunque los olvides pues así son los seres humanos, ellos te cuidaran y te habrán de querer siempre.

Bien mi bebecito, te dejo, ha de venir a verte tu ángel de la guarda para estar al pendiente de ti y te ha de cuidar.

JA, JA, JA, ¿te digo un secretito?

¿Que mi niño?-pregunto intrigada Nuestra Madre.

¡Que ya ha venido!

¡Como!-admirada nuestra madre le volvió a preguntar: ¿ en verdad ha venido?

Si, pero… ¿no le digas nada si?

Es muy bueno y me platica muchos, muchos cuentos y ¿sabes donde lo veo mas seguido?, ahí, en la pader {pared} junto al angelito que mi abue puso, a veces hasta me hace cosquillitas como tú y me pregunta sobre mi familia y le platico y le platico y se pasa mucho, mucho tiempo conmigo. Cuando no viene lloro y me siento triste.

Bueno, vamos a permitir que te acompañe.

Hijito, me debo ir, hay otros niños que tu conoces que me necesitan, tu los conoces pues nacieron al mismo tiempo que tu.

Si, ya se, cuando los veas ayúdales y diles que yo acá rezo como me enseñaste por que estén sanitos y que sigan adelante, que rían contigo y que crezcan. Los quiero.

Si hijito, mi pequeño, así lo haré.

La Gran Señora desapareció con esa su hermosa sonrisa dándole antes un beso que alegró al bebé.

Esta es mi explicación para esas sonrisas de bebés estando solos.

Hermano, ¿no haz observado a los bebes sonreír ante crucifijos y ante imágenes de Ángeles?

5.- EL ÁNGEL QUE LLEGO TARDE

EL ÁNGEL QUE LLEGO TARDE

Quedó inconsciente: fue tal el esfuerzo que al llegar a su destino, debido a la falta de oxigeno y el maná que ya no recibió, por unos instantes desfalleció aunque su respiración indicaba que seguía viva.

Mientras tanto, el ser que lo recibió estaba desconcertado

-Dios mío! Se murió: Rubén, Rubén, despierta, la bebe no se mueve.

-Ay gorda, son las...4.30 de la mañana, déjame dormir.

-NO! Escúchame, la bebé no se mueve!

-Que, que, co, como, estas segura?

-Si, mira. Toca... no se mueve.

Colocando su mano sobre el voluminoso abdomen de la embarazada, apreció lo dicho: no había movimiento, en el antes inquieto abdomen.

Si, no se mueve y... ¿ahora que hacemos?

Pues, vamos con mi papá y el nos dirá que hacer.

-Oye, pero es muy temprano, vamos a esperar, pues seguro se va a molestar.

-No, nada, levántate y vamos a verlo.

Procedieron a levantarse no sin antes bañarse y cambiar sus ropas.

Eran prácticamente las 8 de la mañana cuando llegaron a su destino; la casa familiar de la pequeña esposa, aquella en la que comprendió, demasiado tarde, que había sido tan feliz, aquella que le proporcionó la seguridad de sus primeros años y la tranquilidad de que había gozado durante su niñez y adolescencia.

-Ya llegamos, má- fue lo primero que alcanzó a decir a su madre quien los esperaba.

-Que bueno, llegaron temprano, siéntense y desayunen.

Pero… quisiera ver a mi papá primero.

-No se ha levantado, mientras lo esperas desayunen.

Procedió la madre a servir un vaso de leche a cada uno y el resto de sus alimentos: fruta picada, jugo da naranja 'y huevos con chorizo y sus frijolitos refritos a un lado así como pan.

Bueno, porque si, tengo bastante hambre-fue la respuesta de la embarazada.

Buen día, oye que temprano llegaron. ¿Ya desayunaron?

Si, te estamos esperando.

Pues para que?

Es que… no se mueve la bebé.

MM. ¿y desde que hora no se mueve?

Pues lo note a las 4 de la mañana después de sentir un jalón muy fuerte.

Bien… ¿Lulis, me regalas un coffee?

Ay, primero ve eso y luego desayuna- fue la respuesta de la solicita esposa del medico.

No, si no no carburo (no pienso), dame mi cafecito.

Esta, bien… hoy prepare café de grano del que trae tu hermano.

Mm que rico, dámelo bien cargadito y… quiero de esos huevos.

Al finalizar el desayuno, procedió a hacer varias llamadas hasta que por fin tomo papel y lápiz e inscribió algunas cosas.

Ya, vámonos-fue toda la respuesta.

-¿A dónde?, si es domingo pa.

-Pues que quieres, ¿a que viniste?

-Pues te dije que no se movía la bebé.

¿Pues entonces? Vamos a que te hagan un ultrasonido y entonces tomamos cartas en el asunto.

-Pero… ¿en domingo?

Si, ya se donde, vamos.

El sitio era pulcro, tomaron los datos y de inmediato pasó al consultorio donde los esperaba un joven medico quien procedió a hacer el rastreo abdominal, tras hacer varias preguntas.

-¡Ay! … ya se movió.- fue el comentario de la embarazada. Bueno, ¿estas segura? Fue la pregunta del padre de la mujer.

Si, ya se movió.

Efectivamente, el rastreo mostraba la presencia de movimiento de la bebe así como de la misma vitalidad que había tenido durante los meses precedentes.

-Pues al parecer no hay problema señora, fue la respuesta del médico que realizo el estudio, esta muy bien el producto, esté tranquila.

En unos momentos le entrego el resultado, tengan la bondad de esperar en la sala.

-Gracias Doctor, nos ha quitado una inquietud.

-¿Que, eh qué paso? ¡Uf, como me duele mi cabecita y...y...y mis piernitas, como si hubiera caminado mucho y cargado algo! ¿Sseñor, mi señor, ya no estas conmigo? – fue la primer pregunta surgida de la pequeña mente que acababa de ingresar al útero de la Embarazada- pero si estaba apenas jugando con esa niña, cuando vino nuestro Señor a decirle que ya, que ya era hora de ser niña de verdad, dejándome a mi con su varita con la que estaba jugando con el bichillo, y ahora mi papa me envía acá, que no se que es.

Pequeña, mi pequeñita, no te preocupes, no pasa nada solo que he tomado la decisión de que en este momento entres en conciencia al cuerpo de esta madre, tu madre, para ser niña, ¿no te hace feliz?- contestó el buen Dios que nunca se equivoca y sus decisiones son tomadas con sabiduría.

Pero...pero...pero... y la niña con quien estaba jugando, ¿Qué se hizo?- ya mas tranquila hizo la pregunta no sin moverse en su nueva envoltura.

JA,JA,JA, una pregunta a la vez mi pequeña, escúchame: Generalmente cuando un niño va a nacer, de inmediato ingresa al cuerpo de la madre para iniciar al mismo momento de la fecundación, su alma de niño que le habrá de acompañar durante toda su vida, pero en ti he realizado un nuevo experimento; decidí que el cuerpo iniciara sin alma su crecimiento y ahora, en este momento, decidí que tomara su alma propia, que eres tu, mi pequeña, pues veía que nuestra Madre te había tomado un especial afecto y decidí dejarte un poco mas en su presencia, para que la gozaras y te gozara ofreciéndote ese su gran Amor que tiene para cada uno de sus hijos, para que disfrutaras un poco mas de sus hermosos cantos que alguna vez me arrullaron y de sus lindísimos cuentos que también a mi me deleitaron…¿te contó el cuento del petirrojo?... ¿te gustó?

Si, es muy bonito, era mi preferido y muchas veces le pedí que me lo contara sentada en su regazo… y sus canticos…!que bonitos! Y! que dulcísima voz tiene! Su canto de: **duerme mi bebita, duerme en mi regazo, sueña con mil aves y cientos de flores que te han de cubrir, a la rorro niña a la rorro ya…** aun lo traigo en mi cabecita y mis oyidos.

Ja,ja,ja, no son oyidos, son oídos, pero bueno, esto vas a aprenderlo cuando llegue su momento y tus padres te enseñen a hablar y muchas otras cosas-fue el comentario de Dios Hijo a la pequeña que no salía del esfuerzo y los dolores que le originaron su llegada a ese delicado cuerpo de mujer, hecho para eso, para recibirla a ella y a nadie más en ese momento y aunque no lo decía, la pequeña estaba feliz y satisfecha pues ahora sabia para que la había creado el Señor.

No solo eso, mi Señor-volvió a hablar el pequeño ángel, ahora una nueva niña en formación-, cada vez que me alimentaba lo hacia ya sea contándome un cuentito o cantándome esa canción que la otra vez te canto a ti, pero… ya no va a ser posible pues ahora voy a ser parte de los humanos al integrarme con esta señora como alma de su hijo; voy a estar triste.

No mi niña, no digas eso, pues vas a ser muy feliz, desde el momento en que nazcas, ya tu lo veras.

Déjame y te digo: primeramente ¨**esta señora**¨ no te es del todo desconocida.

Pero… ¿Cómo?, nunca la he visto.

¡Oh si!, la conoces, pues apenas jugabas con ella con su varita, ¿no la recuerdas?

¿ELLA?-exclamó admirada la pequeña, que apenas se ajustaba a su nuevo cuerpo.

Así es mi pequeña, es ella, ¿no te da gusto volver a ver a tu amiga? Vas jugar con ella, te va a enseñar todo aquello que aprendió desde que se separaron, pero lo mas importante es que te va a dar todo ese inmenso amor y cariño que ha estado guardando para ti desde el mismo momento en que ella fue concebida, pues no ha olvidado, en lo profundo de su ser, que alguna vez jugó con un angelito muy bello, que eres tú, ahora convertida en un nuevo ser humano, con todas tus virtudes y todos tus defectos, pero al fin un nuevo ser al que ha de tomar de la mano y le enseñara todo lo hermoso del mundo, van a reír, van a cantar, van a estar tristes, van a estar alegres, se han de tomar de la mano para que ella te guie y tu comprendas, hasta que, un día, tu hagas lo mismo al ser madre, así que alégrate, van a ser unas muy muy grandes amigas y mejor... van a ser madre e hija inigualables pues te espera con mucha ternura y con todo ese amor que solo las madres le dan a sus hijas, no en balde su madre biológica, que es una mujer muy dulce con sus otros nietos, te va a querer muchísimo pues vas a ser su primera nieta. ¡Imagínate!.

Señor, mi Señor, que tranquilidad me dan tus palabras, pues no entendí de primer momento el que me enviaras así, de golpe, sin apenas saberlo yo a esta casita que por cierto esta bastante chiquita ¿eh? Pero que poco a poco y con ayuda de mis piecitos y mis brazos, la iré haciendo más grande.

Ja,ja,ja- sonrió de nueva cuenta Dios, benévolo ante la ocurrencia de la pequeña pues sabia pues así había diseñado ese cuerpo al que había llegado para completar su desarrollo humano: era perfecto y no requería de ajustes pues se amoldaría poco a poco a su nueva condición.

Lejos, muy lejos, se veían los días pasados en ese paraíso que es el cielo en el que todas sus necesidades le eran satisfechas, en el que los brazos de la madre de Dios y madre de todos los hombres, le habían proporcionado el calor y el Amor que ella le había dado, se habría de enfrentar a un nuevo paraíso, el de los hombres, con sus grandes defectos, pero que, si aprendía bien, sabría encontrarlo, hallaría el paraíso que el cielo le había enseñado. Pues solo los seres humanos, con todos sus defectos poseen la virtud de crear paraísos mayores en los cuales ser felices.

A las pocas semanas de arribar, la resolución del médico fue absoluta: se requería hacer cesárea para extraer a la pequeña por el abdomen pues por designios del Altísimo, el peso de la pequeña había llegado a ser mayor del esperado.

¿Eh, que, que pasa?-despertó asustado el ex ángel ante la agitación externa que sentía al ser apretada por manos extrañas

¡Óigame señora, déjeme en paz!, ¿que no ve que ella es mi mamá? Y…y… y le va a echar a mi padre, que es muy fuertote, mas fuertote que el de usted, -Habló para si misma pues nadie la escuchaba aún.

Ora, ya estuvo bueno… aaaay, mamá, que re feo se siente, sálvame mamá, pégale a esta vieja.

Gurlp, gurlp, ay Dios, que es esa cosota que me meten en mi boquita, gurlp (se refiere a la cánula o sonda para aspirar flemas y secreciones de la boca).

Puaf, creo que ya se fue,- exclamó para si, al dejar de aplicar la perilla el medico para extraer las flemas de su garganta, procedimiento que a todos los bebes se le realiza- pero con esa lucesota ni vi quien fue para decirla a mi Pa.

AAA, fue su reacción ante el secado de su cuerpo para evitarle pérdida de calor y posibilidad de hipotermia extrema al momento de nacer.

-óigame, no me talle, ¿que no ve que me duele?

-Bien, lista mi niña… seas Bienvenida a tu familia y si… bueno aquel que no sabe que hacer, es tu padre.

Guau, esta bien guapote y se ve que es bien listo, míralo, aunque ya mero se cae, - momento en que, por la emoción, el padre de la nueva bebé se enredó en los cables que rodean el quirófano- pero creo que fue por las cochinadas que hay en este lugar pues lueguito se le nota que es inteligente,

¡Ay!, me talló mi espaldita y mis piernecitas y mis bracitos… Bruto… Animal, así será bueno, grandote, metiéndose con una niñita tan chiquita como yo.

Rubén… ¿y la cámara?

Se me olvido en la ropa que me quité- contesto el joven padre quien no sabia si reír, llorar, quedarse quieto, tomar la mano de la madre de la bebita o abrazar a los demás o acercarse al pequeño ser que estaba recostado en la mesa de atención del recién nacido pues sabiendo la enorme responsabilidad que ahora adquiría, se daba cuenta apenas en ese momento que ya, ya era padre de una niña.

Bienvenida al mundo hermosura, ya formas parte de la Gran Familia,- fue la recepción del orgulloso pediatra, abuelo de la niñita.

-¿Qué cargue a la niña el padre, doctor?

-Si, que la cargue respondió al joven medico el abuelo-pediatra.

Anda, cárgala y muéstrasela a tu esposita- se dirigió al Padre de la hermosa niña el orgulloso y feliz abuelo.

¿Esta bien su nieta Doctor?- alguien preguntó,

¡U y, el abuelo… que chocoso!

Felicidades Doctor-fue la exclamación de la instrumentista quirúrgica, quien de esa forma felicitaba al abuelo-pediatra, con es camaderia que se forma en las salas quirúrgicas entre la gente que trabaja junta varios años.

Así que tú eres mi abuelo, bueno, pues tengo un abuelote pues estas re gordote abue… pero… se que nos vamos a llevar bien.

Gracias abue, por recibirme en el Mundo.

Gracias, pa, ma por desear que viniera a su Mundo.

Y… ¡AQUÍ STOY!

(Traducción del idioma niño-ángel al español-según lo entendí- al realizar su primer llanto esa lindura que es mi nieta)

6.- EL MEJOR DE TODOS LOS ANGELES

EL MEJOR DE TODOS
LOS ANGELES.

Estaba cansado, muy cansado, pero lo peor era la sed, esa sed que no lo dejaba, Dios, que daría por un poco de agua, sin embargo, poco a poco esa angustiante sed fué desapareciendo, lo que le confortó, e incluso el respirar que tan difícil le parecía, poco a poco se fue normalizando obteniendo la tranquilidad que durante toda su vida le acompañara, esa tranquilidad y parsimonia que era tan propia de él, por fin la volvía a encontrar a pesar de estar en esa cama de hospital que empezaba a odiar pero que aceptaba pues los designios del Señor para él, eran ordenes. Su Fe en todo momento lo acompañaba; conforme la respiración y sus latidos cardiacos iban disminuyendo sentía que una nueva fuerza le acompañaba, volvía a sentirse vigoroso, fuerte como nunca y ligero, con esa ligereza, que aún recordaba, tenia en cada uno de los 400m con obstáculos que alguna vez le embelesaron, en esos fantásticos saltos de altura, en cada enceste, en cada golpe de raqueta al jugar squash con cada uno de sus hijos, preguntándose el porque era esa sensación. Cuando a lo lejos con paso ligero una figura se le acercó a la cama de hospital, con su sombrero ladeado característico, su chaleco complementario de su traje café y… el olor… ese olor que apenas recordaba pero que golpeaba sus sentidos, al llegar a su cerebro el olor sumido en sus recuerdos: a tabaco, ese tabaco que impregnaba su ropa de una forma característica e inconfundible; era su papa'.

Vamos hijo, ¡levántate flojo!, vengo ahora si por ti, ya te esperamos todos, tu madre, tus hermanas, tus buenos amigos hasta María Elenita y su hija, tus compadres, todos, ya están esperándote, son más los que allá te esperan que los que se quedan aun aquí, anda.

Pero…pero y Mary, que va ha hacer, y los muchachos, todos, mis cuentas, mi salario quien va a cobrar… como dejo esto.

No te preocupes, ya esta todo resuelto, haz criado y educado a unos hombres que saben cual es su deber y sabrán hacer lo correcto, anda, vamos, levántate!

Y de la comadrita Mary no te preocupes, pronto, muy pronto estará acompañándote ya que no sabe vivir sin ti a pesar del amor que todos le prodigan, el tuyo, tu amor es el único, solo tú la comprendes y solo ella te comprende, así que no te preocupes, en su momento ha de llegar contigo a disfrutar lo que ahora vas a conocer, anda ¡vamos!

Inmediatamente se levantó de esa cama que lo mantenía atado al sufrimiento, al cansancio a la desesperanza, al dolor, sintiendo dentro de si conforme se levantaba, una paz y una alegría como aquella que sintió al abrazar por primera vez a la mujer adorada, su primera noche juntos, su primer hijo y cada uno de ellos, el orgullo de ser padre, el ayudar a cada uno de los miembros de su familia, el ofrecerse y ofrecer todo lo que contenía dentro de si, toda esa alegría la sintió sumada al separarse de esa parte de el que veía cada mañana, hacerse cada vez mas anciano, mas inútil, más necesitado de ayuda y esperando la comprensión de sus seres queridos.

Esa inmensa alegría lo hizo olvidar todo, sin embargo, quedaba una cosa pendiente, en su hogar: su Mary, su hermosa dama que el sabía que lo extrañaría tal vez al igual que él a ella. Pero con la promesa de su padre de que muy pronto estaría junto a el, ellos dos, solos para amarse y decirse aun todo aquello que no se habían dicho en su estancia terrenal, Ah! Cuanto tenían que platicar cuanto tenían que componer y sobre todo otorgarse ambos ese grandísimo amor que toda su vida se prodigaron.

La esperaría, ¡claro que si! Y entonces volverían a ser uno solo pues así estaba preparado por Él, el Padre, el que no se equivoca nunca -¡y vaya que no se equivocó al darle la pareja que le dio, comprensiva, leal, amorosa a su modo, única, perfecta, complementada con el!- caramba solo espero que no tarde.

Jefe, ¿puedo regresar tan solo un instante para decirle cuanto la quiero y la quise toda la vida? ¿Que estaré esperándola allá en donde todo ha de ser perfecto?

MM., ve, pero solo un instante, aquí espero.

Tan pronto habló con su padre, se encontró con ella-¡que hermosa en su vejez, que entereza. Que digna, que amor, Oh Dios, ¡como la amo tanto y en tan pocas .ocasiones se lo dije!

Muy lento se acercó a ella, calmada, triste pero guardando la compostura ante el féretro del hombre elegido por ella para acompañarla toda la vida y al aproximarse por detrás la abrazó sin percibir ella el contacto a pesar de que en ese momento ella sintió una paz y una plenitud que le recordó bellos momentos con su pareja fallecida, más aún al besarle en la frente y decir muy próximo a su oído: Mi Mary, mi amor, mi todo, compañera de mi vida, te amo tanto y aún más; te he de esperar cuanto sea necesario para que me acompañes en la eternidad, adiós mi vida, mi amor, mi todo. Procedió a retirarse guardando ese aroma tan suyo y esa sensación al tocar su cuerpo que siempre le hacia vibrar y ahora que la dejaba, aún más.

Ella no supo que ocurrió pero sintió paz, fuerza, tranquilidad y, hasta cierto punto en su tristeza, alegría y permitió en su interior explotar ese tan grande amor que le llenaba de su Raúl.

Vamos Jefe, Ya.

Se retiraron tranquilos padre e hijo alcanzando a derramar una lágrima solitaria ante ese gran amor que solo un hombre experimenta una vez en la vida por una mujer, toda una dama y… la tenia que dejar por un breve tiempo que le parecería una eternidad.

Conforme avanzaban, sentía todo ese potencial que tenia a los 23, 24 25 años, esa fibra, ese espíritu indomable que acompaña a los hombres jóvenes, en el camino su padre le hizo entrega de unos tenis, ¡sus primeros tenis de juego que tan bien le sentaba, marca CONVERSE!!

Mas adelante tropezaron con una pelota de basquetbol, el gran basquetbol, el deporte de su vida ese que amó con toda su pasión y que siempre le entregó grandes satisfacciones pero sobre todo, la capacidad de formar HOMBRES, hombres de bien de cada uno de esos mozalbetes, mas perdidos en la vida que en la línea de los hombres de bien, pero con su esfuerzo, su ejemplo su parsimonia su don de gentes, su trato con los jóvenes, ese trato que es en si un Don y que no todos cuentan con el pero que en Don Raúl , como le llamaban cariñosamente sus muchachos, lo tenia a raudales fue punto de apoyo para darles aquella orientación tan necesaria en cada uno de ellos y que les funcionó positivamente.

Continuaron su travesía sobre un camino empedrado oyendo una gran algarabía que aumentaba conforme se acercaban al punto del que partía el ruido…

"…Y ahora, por fin, el debut tan esperado y que todos deseábamos, ya se encuentra con nosotros la gran luminaria, originario de Pachuca, excelso jugador en la posición de defensa de PEMEX, DE DEPORTES GAONA, DEL COFRADES, DEL SME, LOS WARRIORS, entrenador de equipos tan fantásticos como Tulancingo, Huauchinango, selecciones del Distrito Federal en torneos nacionales, los Padres del Seminario, LOS CHICOS DE La Jorge, de la Anáhuac,Conalep, de la secundaria 2, si, amigos, con nosotros y vistiendo el uniforme de sus amores ese… azul-amarillo-blanco, con ustedes: ELLL PAAATO OLIVERRRRR!!!!"

Raúl Oliver Grande

Estalló la algarabía, una ola de aplausos y gritos que hacían retumbar el lugar, lo había recibido e ingresó al entarimado- al parecer realizado con finas maderas africanas y tan pulido que no ameritaba ningún lustre- con ese su paso lento y trotante, tan suyo, botando y rebotando la pelota, esa gran pelota que tan a gusto siempre sentía al botarla y rebotarla sobre sus dedos, dando la vuelta olímpica a solicitud de todos los allí reunidos y alzando su mano izquierda con esa su timidez, ante las aclamaciones específicas llegando al sitio de la canasta por la que había ingresado y colocándose a la izquierda de la misma aun ensimismado por los gritos y porras en su honor.

Bravo Patito!

Hasta que llegaste manito!

Ese mi Pato!!

Mucha Raulito, échale ganas ahora aquí!

Bravo! Muy bien patito muy bien! muy bien patito muy bien!, ¡ muy bien, bravo, hurra!

Botó la pelota acariciando esa textura propia de las pelotas de basquetbol, sintiendo cada una de las rayas que estaban impresas en ella, tan conocidas, hechas a su mano, aun agachado, mirando la pelota como lo hacen solo los profesionales, sin importar el frente y los lados, levantó la cara, dirigió la mirada experta a la canasta y dando un brinco muy, muy ligero de unos 60 cms. estiro el brazo y muñequeando, lanzó la bola realizando el enceste esperado con la algarabía de todos los reunidos en el gimnasio celestial.

Fue en ese momento tan especial, tan mágico, tan celestial que sintió las palmadas en la espalda de los demás jugadores y solo entonces los conoció, Héctor Suarez, Manzo, la chancharra, Chema, el Rocan, y aquellos bromistas que escondían la ropa de los demás y que también sabían jugar, todos, todos los grandes amigos de esos años dorados de su juventud, que al reconocerlos brincó de alegría y los abrazó apretadamente.

OOoigan, este… no me atrevo a preguntar, este…

Pregunta Patito, dilo.

¿A poco también esta el Doctor Gaona aquí?

Una voz conocida habló:

¿Acaso creías Raúl que me iba a perder tu debut aquí?

¡Doctor! ¡Que alegría!- extendió el brazo para dar la mano al queridísimo Doctor Gaona, su amigo, su gerente, su coach-Bueno, pues vamos a jugar que nos esperan todos, ya calentaron lo suficiente.

Raúl, ve a saludar a tu Jefa que quiere darte la bendición- ordenó el Doctor Gaona.

Si Doctor, ahora voy.

Se dirigió a una parte de las gradas donde reconoció a sus compadres amados, Elena y Alberto, a María Elena, su queridísima sobrina, todos ellos al lado de Miguel, Don Miguel, Lupita, sus suegros, sus cuñados y amigos de infancia y juventud y… los Jefes, *sus jefes*, tan queridos por él: sus padres.

Hijo, que gusto, cuanto te he extrañado- fueron las palabras de su madre quien procedió a abrazarlo y darle un beso en la mejilla y al separarse procedió a darle la bendición.

'Anda, ve y juega como tu sabes *Chato*- fueron sus palabras de cariño

Ah, como había extrañado ese cariñoso *CHATO*, sobrenombre familiar al que se había acostumbrado de toda la vida.

Si, Jefa- fue lo último que pudo hablar tras dirigirse al centro de la cancha a realizar su juego- si, y estaba feliz, muy feliz y completaría su felicidad el día que llegara su Mary, Él la esperaría.

Había llegado a eso que la gente llama **Paraíso**.

Y jugó como nunca.

Aclaración:

el termino JEFE o JEFA en este caso es referente a los padres de la persona, termino que antiguamente se utilizaba mucho y que actualmente solo en las clases humildes se utiliza en México. No deja de tener el mismo respeto que si se utilizara el clásico PAPA o MAMÁ.

Desconozco si en otras sociedades se utilice.

El Autor.

7.- LOS DOS.

LOS DOS.

Le parecía imposible lo que sus pequeños ojos veían por vez primera: un blanco toda pureza y las tonalidades que adornaban ese blanco, tan claras que no era fácil sustraerse a su encanto: por primera vez veía un arcoíris con sus siete colores primarios, pero... así como no se podía sustraer al blanco que la rodeaba, así mismo le era imposible desprenderse de aquello que apretaba su manita, era la manita de otro chico que la mantenía tomada de la mano y por mas que intentaba quitársela mas le apretaba: tal pareciera que los dos eran uno solo.

Por otra parte el otro pequeño se hacia la misma pregunta ¿y esta cosa, que es? Porque no me suelta, mientras mas trato de soltarla mas me aprieta mi manita o... ¿será otra parte de mi cuerpo?

Habían aparecido juntos de la nada después de un destello inmenso en aquel albor y sin poder soltarse a pesar de sus esfuerzos, pues esa unión incomprensible no les era posible destruir; por fin, ya hastiados después de varios minutos de lucha él se dirigió a ella un tanto molesto:

Oye, ya suéltame- y contestando ella le dijo:

-Pues suéltame tú, que me tienes bien agarrada de mi manita- fue su contestación.

No es verdad, eres tú la que me toma y bien fuerte.

Pues lo mismo digo de ti, ¿acaso tú y yo somos uno solo?

¡Ni lo pienses!- contesto ella, somos dos pero atados uno al otro por no se que motivo, pero… voy a buscar algo que me separe de ti. Y empezó a caminar hacia el lado derecho de su cuerpo, obligando al pequeño a seguirla casi a rastras, aunque como buena mujercita, apreció de reojo las facciones de su acompañante forzado, que en verdad era bello, muy bello, mucho más alto que ella, con esas facciones atractivas que solo él tenía y que sin desear demostrarlo, la hicieron sonrojar.

Observándole de reojo, notó lo que acabo de describir y a pesar de la antipatía que surgía en su mente, apreció la belleza masculina del pequeño que la mantenía unida a el.

¡Uy, esta bello! fue lo primero que pensó y con toda seguridad es muy fuertote pues por mas que lucho no me suelta.

-¡Que bonita y al parecer es muy inteligente, pues me esta llevando a donde ella quiere y… que fuerte es! Pues cada vez que lo intento, ella me aprieta más mi manita. Me gusta y me siento bien en su compañía.

A lo lejos se escuchaban voces y risas y una tierna cancioncita que embelesaba se escuchaba por encima de las vocecitas y risas, por lo que presurosos, como si les llamaran a ellos, corrieron al encuentro con el grupo que departía en una arboleda, arboleda que por primera vez apreciaban ya que momentos antes no era visible a sus ojitos recién estrenados en ese lujo de nuestros sentidos: la vista, pues no conocían los arboles y mucho menos ese verdor tan nítido dado que después del primer fulgor captado y la intensa blancura que le acompañó junto con la presencia del arcoíris, no sabían que existiera algo mas hasta ese momento.

Pronto niño! Allá hay algo y se oye muy bonito! Corre más aprisa.

Uf ya voy, no me jalonees, ya oí.

Al estar como a tres metros del grupo, la mujer dejó de cantar al percatarse de su presencia:

¿Qué tenemos aquí? Vengan pequeños acérquense, tiene buen rato que los esperaba pues mi Hijo me dio la buena nueva de que los había creado y me pidió, como siempre, que les muestre nuestro sitio y les explique todas sus dudas… pero, ¡vengan! No teman.

Tímidamente se acercaron al grupo hasta tocar el vestido de la dama que se sintió encantada al ver que ambos se acercaban sin temor.

A ver, digan, ¿saben donde están?

No señora, no sabemos, solo… aparecimos acá.

Muy bien les explicare: han sido creados por mi hijo como dos nuevas almas, -Ángeles les dice-, y que le proporcionan a los seres humanos esa espiritualidad que les complementa como tales, para sentir, amar, soñar y disfrutar interiormente de la vida que han de vivir así como para albergar cada uno de ellos en ese espíritu la presencia de su creador.

Pero a ustedes lo que les interesa en este momento es el saber porque' están juntos: bien, les he de decir que a ustedes les ha tocado ser creados juntos debido a que de esta forma han de complementarse al alcanzar a ser seres humanos, con esto no quiero decir que así van a nacer, no, nada mas lejos de la verdad; lo que significa que al encarnar como hombre y mujer, deberán buscarse y al encontrarse y solo hasta ese momento, alcanzarán la felicidad por siempre. Y jamás volverán a sentirse solos.

La respuesta no les satisfacía pues esperaban estar solos, libres y la verdad estaban atados por no se que lazos desde el momento en que fueron creados.

Señora, pero… ¿Por qué'? Fue la pregunta que surgió de labios del pequeño.

Bueno, mi Hijo, que rara vez se equivoca, ha preparado para su futuro algo especial pues ambos en su momento formaran una familia con lazos tan estrechos como ese apretón de manos de ustedes, estrechados por el Amor, la Confianza, el Perdón, la Negación a todo lo malo y el cariño que habrá de surgir en ustedes poco a poco y que a su vez les han de enseñar a aquellos que les lleguen a rodear pues… ustedes formaran una familia que ha de crecer, será frondosa y como aquellos naranjos que ven allá, dará abundantes frutos de amor, cariño, ternura, unidad.

La hermosa mujer hablaba de conceptos incomprensibles para ambos pero que los convencía haciendo hincapié en que por algo estaban juntos y ese algo sonaba muy bello: unión, paz, cariño, perdón, familia, Amor.

Bueno, para eso están aquí, para ir conociendo poco a poco cada una de estas emociones que les harán de la vida una de las grandes aventuras que habrán de emprender… y por muchos años disfrutaran y les hará felices, felicidad que, a fin de cuentas es lo que buscan todos los seres vivos. Señora, ¿y usted como se llama?

Bueno, muchos me llaman Madre, otros Señora, pero mi nombre es Miriam en mi lengua de origen, pero allá donde vivirán ustedes, me llamarán María, solo María.

Confortados, partieron hacia esa tierra única donde de todo hay, donde la felicidad es… La Felicidad y donde iniciarían esa vida prometida con juegos, gozos y todo aquello que les enriquecería hasta el día en que finalmente serian niños en el mundo de los hombres.

Los pequeños jugaban, se entretenían, escuchaban los cantos de Nuestra Madre María, platicaban con los demás Ángeles y desde luego con María y con Jesús, nuestro Padre dejando que todo transcurriera sin mayores problemas, hasta el momento que se integraran a alguna familia.

Un buen día, el pequeño, visiblemente entristecido se dirigió a su compañera de juegos y aventuras diciéndole:

¿Sabes?, me habló nuestro Padre en sueños, tú no lo escuchaste pues dormías.

¿Y…y que te dijo?- pregunto la pequeña entusiasmada.

-Que te tengo que dejar, pues mañana será el gran día en que inicie mi vida entre los seres humanos como el alma de un niño que se ha de llamar, según me dijo :Raúl.

¡Ah! ¿Entonces ya voy a estar solita? ¿Ya no iremos juntos con nuestra Madre a escuchar sus cuentos y sus canciones?

¿Ya no podré verte jugar con esa pelota que solo tú botas tan bien? ¿Ni tan solo verte correr, reir, llorar cuando te caías, reír con las cosquillas que te hacia, cantar con nuestra Madre, sentarte en las rodillas del Padre, o… darte besitos? No mi amiga, mi compañerita de juegos y de secretos, pero… un día muy pronto, volveremos a estar reunidos para no separarnos nunca, según me contesto Padre.

Una furtiva lágrima brotó de los oscuros ojitos de la niña pero contentándose le dijo:

Bueno, si así debe de ser, que así sea, y… gocemos este ultimo días aquí juntos, ¡Vamos, te reto una carrera al arroyo para que nademos! ¡El último es una papa fría!

Y riendo, salieron corriendo aunque sabían de antemano que nadie ganaría, seria un empate pues siempre llegaban juntos a la meta. Su unión persistiría hasta esa noche en que el pequeñín seria llevado por el Señor a su destino en el Mundo.

Al despertar la pequeña Ángel, su compañero de juegos había desaparecido, su manita estaba sola y aunque sintió gran tristeza, a la vez se alegró pues su amigo por fin cumpliría su destino y ella… bueno, ella esperaría el tiempo necesario para cumplir lo suyo.

Han pasado 2 años, la pequeña continúa ahí, con sus Padres celestiales, riendo, jugando, gozando con los demás Ángeles.

Mi pequeña, ¿como estas?- inquirió el Señor a la pequeña que reposaba sobre sus rodillas y que de tanto en tanto jugueteaba con su barba para regocijo del Señor pues solo ella tenia ese atrevimiento.

¡Ay! Bien papito, muy bien, ¡que rico se siente acariciar tus barbas papito lindo!

Ja, ja, ja, hay angelito mío, que gusto me da que estés divirtiéndote, pero, sabes, te tengo una sorpresa.

¿Cuál papito?

Pues que ya es tiempo de que alcances a tu amiguito, pues tus papas te están esperando para que vivas con ellos.

¿Es cierto eso papito lindo?

Si mi pequeña, es verdad, y esto va a acontecer en unos momentos más.

¡Padre, deja despedirme de mamá María tan solo!

No hace falta cariño, aquí estoy y me da gusto escuchar la gran noticia, se que vas a ser muy feliz, Miguel y Lupita son una pareja muy feliz y se que te esperan con gran amor.

¿Miguel y Lupita? ¡Que bonitos nombres!- Fue la respuesta de la niña que no cabía de felicidad.

Bueno Padre, en el momento que quieras, solo me falta saber una cosa…

¿Cuál pequeñita mía?

¿Cómo me llamaré?

Mi querida niña, Tú te llamarás: María.

Y partió.

8.-MI HIJA.

MI HIJA.

He querido conservar este relato pues me ha parecido la observación de un Ángel más que de un niño como cualquier otro y he pensado que algo de angelical aun se conservaba dentro de mi hija al realizar el relato que me ocupa.

La tarde declinaba y el Señor nos obsequiaba, una vez más con esa escenografía que monta cada tarde para recordarnos lo pequeños que somos y su propia grandiosidad.

Los tonos rosados, cambiantes, que pasaban hacia el rojo intenso, daban mayor esplendor a la tarde, enmarcada por los manchones de nubes blancas y grises que nos mostraba la hermosura del paisaje visto más atrás de las montañas, las que, llenas de verdor con tintes esmeraldas, mostraban un sinfín de tonalidades verdes propiciadas por el descenso de la luz en el horizonte, mostrando la belleza con que el Señor nos regala día a día.

Finalizando el día, el último rayo de luz nos permitió .observar, el lucero del atardecer y a los pocos minutos, al presentarse la noche, el cielo encendió sus múltiples estrellas, cual si hubiera bajado el swich para encenderlos. Todo en un mágico momento de10 o 15 minutos, tiempo suficiente para completar el espectáculo.

-¿Sabes papito?-habló mi niña que permanecía en mis brazos observando todo este magnifico espectáculo- estoy contenta porque estoy viva y puedo ver como se pone el cielo de tantos colores para finalmente dejarme ver las estrellas: ¿no te ocurre lo mismo?

Mi hija, de tan solo 4 años de edad, he hizo volver los ojos al cielo con su regalo de mágicos colores, fuerza y majestuosidad, todo perfectamente nivelado, sin sobrar o faltar nada, abstrayéndome con mayor fuerza aún las palabras de mi pequeña, quien no me permitía hilar pensamiento alguno ante esa filosofía que acababa de expresarme tan atinadamente.

Mientras mas edad alcanzamos y logramos una madurez, nos olvidamos de mirar nuestro entorno con los ojos del niño que dejamos dormir dentro de nosotros y que vuelve a despertar, cuando, ya ancianos, y próximos al ocaso de la vida, contamos con el tiempo suficiente para dirigir nuestros ojos al cielo para apreciar una puesta de sol, un inicio nocturnal, y también, el regalo de un nuevo día bendito día que nos señala que vivimos un día más en esta Tierra nuestra.

Tratemos, en la medida de nuestras fuerzas e inteligencia de gozar de cada una de las oportunidades que nos ofrece el Señor para gozar de su heredad que es este mundo; que cuidémoslo, preservémoslo para los que nos han de Seguir, y que a su vez tengan la oportunidad de gozarlo como mi hija me lo ha mostrado este día.

Miremos cada uno de los momentos del día en nuestro entorno, aun en nuestras pestilentes y feas ciudades, apreciemos los reflejos del día en cada uno de los ventanales de los edificios, observemos con ojos de niño, los claroscuro de nuestra ciudad y gocémosla aunque sabemos que bien poco puede gozársele. No esperemos que las luces de neón, la deslumbrante energía de nuestros autos terminen de afear nuestra ciudad; para gozarla, busquemos los destellos del Creador en cada una de sus formas y gocemos de la alegría de estar vivos con los ojos del niño que alguna vez fuimos.

9. SANTI.

SANTI

Iban tarde. Su cita era "en punto" a las 11.30 hrs. Pues la multitud de responsabilidades de la persona que los había citado solo permitía la distracción del tiempo establecido y no "más de 25 minutos".

El enviado había sido preciso, sin embargo, la atención a los jardines era primordial pues los manzanos habían disminuido su fragancia por falta de atención así como las caobas esos gigantes de los bosques, que impregnaban cada rincón con su aroma habían preocupado grandemente al Señor por lo que Betito, como cariñosamente le llamaba desde que llegó a la morada dispuesta para los dos, -él y su esposita- fue comisionado junto con Don Miguel, hombre recio, de campo con una intensa voz de trueno a alcanzar el milagro de devolver a los campos su frescor, sus aromas intensos y desde luego esos colores nítidos de los que gozaban en el inmenso jardín. Lejos estaba el día en que hubieron de partir al ser llamados abruptamente a la presencia del Señor para hacerse cargo del cuidado de ese esplendoroso jardín.

Caramba, si que es tarde, habló su mujercita, creo que haremos otra cita pues pasan de 90 minutos nuestro retraso.

Si, más era ineludible dejar a media el trabajo y desde luego no me podía presentar ante Él con overol y lleno de tierra y tallones verdes en la ropa ¿no lo crees así?

Si, en eso tienes razón, pero… ya llegamos, avisa y pide otra audiencia. Fue la contestación de su mujer.

Este… Buen día, tenía cita con El Señor a las 11.30 pero, usted sabe, el trabajo aquí no se puede postergar y se me hizo tarde al trasplantar algunos geranios así como 2 manzanos.

Bien, bendito día tengan los dos, veré que me dicen acerca de su cita y, si, creo yo que los citará otro día, pues hoy su agenda esta totalmente cubierta.-contesto Ángel, que era ese su nombre, veré que me dice.

Pasó ante el inmenso arco que separaba la estancia mayor de la sala de espera, llamado la atención su ropaje totalmente blanco que permitía a su rostro color cobrizo clásico de los indígenas latinoamericanos, con esos rasgos tan característicos de ellos, resaltar intensamente no sin deslucir esos rasgos sino mas bien logrando un efecto más impactante.

No más de unos segundos tardó en entrar cuando a través del arco hizo su aparición de nueva cuenta ahora acompañado por un personaje de talla mayor a 1.80 cms. ataviado igualmente con ropas intensamente blancas, con rasgos faciales sumamente dulces, y una mirada hipnótica, relajante, que llenaba de una paz interior a todo el que le mirara.

Que bueno que llegaron, estaba preocupado por su tardanza, pero… vengan entren.

Fueron introducidos por el recién llegado a una amplia sala con inmensos taburetes a los lados, iluminada por una luz reflejante que procedía del techo.

Tomando del brazo a la dama le preguntó por su salud, su labor en el jardín y acerca de si estaba contenta, así como si deseaba algo para estar en verdad feliz.

Padre, no me falta nada soy inmensamente feliz junto con mi "viejito" y por si fuera poco, el ver a mis padres junto a mi, así como mi niñita Lupita que llamaste ante ti demasiado pronto, y si fuera poco, María Elena, ¿que mas puedo pedir?

Me da gusto escucharte, ya sabes que en su momento aquellos que te acompañaron, han de llegar y tanto tu felicidad como la de ellos, será total.

Si mi Señor, y solo espero que ese día llegue cuando debe de llegar para estar todos aquí con esa felicidad que solo tu puedes darnos, Mi Señor.

Bueno, tomen asiento y escuchen pues esto es algo de suma importancia y solo ustedes pueden dar su punto para que se realice.

Desde tiempo atrás han visto crecer y desarrollarse a Vania, esa linda niña que dejaron atrás aquel día que fueron llamados por mí y que han estado al pendiente de ella.

Fue una lástima que no hubiera comprensión y un verdadero amor aquella vez que se unió, más ahora, parece que ha encontrado la felicidad y se ha unido a un buen hombre que la ama y respeta y es el momento apropiado para lograr aquello que hasta ahora no ha sido factible.

Señor, mi Señor, ¿será acaso lo que estoy pensando?- preguntó Betito lleno de emoción.

Señor, ¿crees que ha llegado el momento tan largamente esperado?- fue la pregunta de la mujer, llamada María Elena.

Si, creo es el momento pero solo ustedes pueden dar la anuencia, se han ganado este privilegio.

Bien, solo tu Señor tienes la última palabra pero creo que efectivamente ahora es el momento de que la pequeña Vania sea madre, ¿no crees que así sea Elena?

Solo digo que he esperado este momento por mucho tiempo, y si, es el momento, Señor, –fue la respuesta de Elena- pero te pido un solo favor: permite que le de la buena nueva a mi hija.

Eso no es problema, desde luego que tu le darás la noticia a Elenita. Se que la harás inmensamente feliz, llámala con Alejandro, mi Ángel secretario

Gracias Padre, enseguida- procedió a dirigirse a la puerta para solicitar la presencia de su hija.

Casi de inmediato se presentó María Elena, hija, mujer pequeña, de grandes ojos, con mirada inteligente y labios finos, abundante cabellera negra, tez morena.

¡Padre!, ¡mamá, papá, que gusto!,-fueron las palabras de la recién llegada abrazando a sus padres terrenales.

¿Por qué me han llamado tan urgentemente?

Hija mía, tu madre te tiene una gran noticia por eso te mandamos traer; ahora te la dirá.

¡Ay María Elena, una gran noticia! Vania, tu hija, va a ser mamá, nuestro Padre nos ha informado y nos tomo' en cuenta para qué ella sea madre, ¿Qué te parece?

¿Es verdad?, Señor, ¿eso es cierto?

Es verdad pequeña, ha llegado el momento de que ese hermoso sueño se haga realidad en tu hijita, ¿te agrada?

¡Me hace muy feliz!, pues mi niñita lo anhela con toda su alma, Padre, te lo agradezco.

Bien, -hizo una seña parecida a una bendición, apareciendo en el centro del inmenso salón un

Pequeño ángel, de rasgos hermosos, nariz respingona, tez clara, mirada traviesa y lentos movimientos al extender sus miembros regordetes, pues se encontraba al centro del salón recostado de lado, chupeteando un dedo de su piececito dada la posición fetal que guardaba al aparecer.

De inmediato, María Elena, la joven, se aproximó al pequeño ser arropándolo entre sus brazos y besando su mano derecha.

¡Mi bebé! ¡Que lindo eres!, te vas a parecer a tu madre, mi pequeñito, míralo papá', mamá, ¡se ríe!-fueron las expresiones de amor dichas por María Elena- hija.

Es verdad, es muy bonito hija, permíteme tomarlo en brazos-expreso' el orgulloso Betito que había permanecido en silencio embelesado por el portento que acababa de apreciar y ante la presencia de su futuro bisnieto.

Entretanto, la pareja reposaba en dulce ensoñación después del acto amoroso en el cual hombre y mujer se entregan en forma total uno al otro, demostrándose al amor que sienten.

En un cierto momento durante la ensoñación la pareja noto' algo extraño, una especie de paz, amor intenso, felicidad y una luminosidad que duró tan solo milésimas de segundo pero que fue percibido por ambos. Había llegado un Ángel, el Espíritu, el Alma de ese nuevo ser que recién concibieran.

¿Que tienes, que te pasa Vania?-pregunto' el hombre.

¡Ay! No se, sentí algo raro, pero… ya se pasó, no te preocupes, duerme.

¡Hola mamaíta!, soy tu bebé, que rico es estar contigo, qué calorcito siento aquí, que gozo el estar dentro de ti, te amo, te amo mucho, aun antes de conocerte ya te amo.

Y… ¿ese que ronca…es mi papá'? Espero que me quiera como yo voy a quererlo, ya estoy aquí y siempre me tendrán, ¡QUE FELICIDAD! ¡AQUÍ ESTA SANTIAGO!

Nueve meses después, 40 semanas, 280 días, aterrizó en tierras españolas (je, je, porque nació en el Hospital Español) pero mexicano hasta las cachas el hermosísimo niño llamado por sus padres: Santiago.

EL ÁNGEL QUE LLEGÓ DEL AGUA

EL ÁNGEL QUE LLEGÓ DEL AGUA

Fue tal el golpe, que el pequeño quedó inconsciente y a la deriva en lo profundo del agua, procediendo poco a poco a estirar cada una de las partes de su pequeño cuerpo, hecho un ovillo al momento de hacer su aparición de la nada en medio del cielo y cayendo cual bólido sobre la superficie del agua, que al atravesarla dejó una perforación de un metro de circunferencia que poco a poco recobró su textura y placidez.

Había caído en un lago de donde emergió lentamente, recuperando la conciencia al sentir sobre su carita la suave brisa originada por el viento.

Contemplando el horizonte mas allá del lago, uno de los pequeños que jugaban en la orilla, percibió un intenso resplandor que se dirigió al lago ya pocos segundo apreció la presencia de algo sobre la superficie del lago, por lo que sin pensarlo siendo visto en la orilla por otro pequeño quien, resuelto, se lanzó a rescatarlo.

Tan pronto como su cuerpo se lo permitió alcanzó al otro pequeño quien simplemente se dejó arrastrar por el otro, alcanzando la orilla y recibiendo aplausos de los demás pequeños que en ese momento se encontraban disfrutando a la orilla del lago.

¡Bravo!,

¡Muy bien!,

¡Bien!

Fueron algunas de las exclamaciones de los pequeños hacia el nuevo héroe del día quien apenado se acercó de nueva cuenta al recién rescatado.

¡Hola!, ¿te sientes bien?

Eh, mm si, gracias- balbuceó el pequeño, de tez clara y facciones sencillas, de amplia frente y ojos traviesos.

Oye, ¿tú sabes porque estoy aquí?

¿No lo sabes tú?

No, lo único que recuerdo es que sentí "eso" por todos lados (se refería al agua) y luego tu me apretaste acá, en mi cuello y no podía respirar hasta que me soltaste con los demás niños.

Bueno, pues te voy a decir lo que yo se; hace mucho tiempo, de pronto yo aparecí en medio de unas plantas y me levantó un hombre alto de una mirada muy dulce que me tranquilizó y me llevo, acariciándome mi cabecita, con una señora muy cariñosa que me tranquilizó aun mas y me dijo que no me asustara que iba a estar bien, que iba a ser feliz y que después seria mucho mas feliz al irme a vivir con mis papás y que mientras jugara con los otros niños pues en su momento iría a ser un verdadero niño.

Y aquí estoy aun, así que no te preocupes, juega y ya vendrá la Señora a buscarte, veras que es muy buena y a todos nos quiere mucho.

¡Ah! y el señor que me encontró es su hijo y es Dios y de seguro te esta también buscando , pues el es quien nos ha hecho y te va a buscar.

Bueno, pues me voy a quedar aquí para que rápido me encuentren.

El niño salvador se fue con otros dos niños y una niñita a jugara un campo cubierto de enormes girasoles escondiéndose unos de otros y riendo con esas sonrisas diáfanas, puras que los niños tienen cuando aun no albergan maldad alguna.

En un momento, al lado de una enorme roca ubicada a la orilla del hermoso lago apareció una Señora hermosísima, con una radiante sonrisa en su boca y una mirada sumamente dulce que invitaba a acercársele, cubierta con unas ropas intensamente blancas y dirigiéndose al pequeño le dijo:

¡Mi niño, por fin te encuentro! Tiene buen tiempo que mi hijo y yo te buscamos pues por un momento, al crearte, fue distraído por un acontecer en la Tierra y no supo donde habías llegado.

Ay señora, pues no se que pasó pero me "cayi" ahí, en medio del lago y no supe que pasó pues cuando desperté me traia otro niño agarrado de mi cuellito y no sabia si era mejor estar en el agua o que ese niño me apretara el cuello pues de todos modos no podía respirar.

¡Pobrecito! Pero ven, ven mi angelito ven con tu Madre para que no temas y…!mira! allá viene mi hijo, ven acá, vamos a alcanzarle.

De pronto se encontraron con Jesús, el hijo de Dios quien abrazó a su madre y recibió ella un beso en la frente.

¡Madre!, ¿donde lo hallaste? Lo busqué por todos lados y he aquí que lo hallaste tú.

Pues según me dijo cayó en medio del lago y al parecer perdió el conocimiento y otro angelito lo sacó de ahí depositándolo en la orilla donde lo encontré.

Bueno, pero dámelo madre yo lo llevo y te lo entrego al llegar a tus aposentos.

Bueno, pero no lo vayas a perder, bromeó su Madre.

¡No, como piensas eso!

Hijo mío, te he creado para que en su momento puedas llegar a integrarte en una familia que a través de un acto amoroso cree un nuevo bebe. Tu serás el alma, el espíritu, el ángel de ese niño que ha de nacer. Por el momento debes de gozar de todo aquello que hemos hecho para ti aquí, en el cielo, tu primera estancia antes de pasar a ser parte de un niño.

Ya en su momento y poco a poco te iras integrando con los demás niños y eso te ha de preparar para ser el ángel de un nuevo niño. ¿Me haz comprendido?

Si, Padre, ya entendí y debo de esperar el momento que elijas para que sea un nuevo niño.

Bien, ahora vas a quedar con mi Madre, que te alimentará, te cantará y a ella haz de acudir para que que te conteste tus dudas. ¡Mírala! Allá esta esperándote, ¿No es hermosa?

Si Padre y a ti te quiere mucho, yo, que apenas fui creado, así lo veo.

Bueno, ve, te espera con los brazos abiertos.

Así fue, y el nuevo ángel se dispuso a disfrutar su nueva vida.

Pasaron los meses y los annos y el pequeño continuaba gozando en ese Pariso al lado de Dios Hijo y su tierna Madre, cuando, disfrutando un chapuzón, llegó el Señor a buscarlo.

¡Eh, pequeño, acércate! ¡Ven… César!

Saliendo del agua acudió de inmediato con una amplia sonrisa que llenaba ese rostro angelical, que acercándose pidió ser levantado a la altura de la cara del Señor, dándole un beso en la mejilla lo que iluminó el rostro de Dios.

Padre, hace tiempo no te veía, me alegro que me llames, ¿como estas?

Bien mi buen niño, bien, he querido personalmente darte la buena nueva, siéntate aquí, a mi lado.

Dime Padre.

Hijo mío, ha llegado el momento en que ocupes tu lugar entre los hombres, ya he encontrado a los padres ideales para ti, tu futura mamá ha estado muy sola mucho tiempo y ya esta totalmente preparada para recibirte y su pareja también ha decidido que es el momento de tener un bebé por lo que en un momento haz de llegar a tu nuevo hogar.

Mi Señor, Padre, al fin mis sueños serán realidad, me he imaginado que mi mamá es una mujer muy muy bonita, con una sonrisa que ilumina todo su rostro y muy pero muy cariñosa, y pues mi papa… también.

Así es mi pequeño ángel, mi Cesar, como serás llamado; además tu abuela es una mujer muy linda y te estará esperando para darte un amor inmenso que ha guardado par ti, así que vas a ser muy feliz con todos ellos.

¿Estas preparado?

¿Te pido algo?

Si, claro dímelo y te lo concedo.

Padre, en verdad eres bueno, te diré: yo llegué aquí al agua, ¿no es verdad?

Si.

Bueno, me quiero ir a través del agua para llegar limpio a mis padres. ¿Puedo?

No hay problema, anda, ve al lago y zambúllete y cuando regreses a tomar aire, estarás con tus padres.

Gracias, Padre cuídame desde aquí. Y despídeme de mi Madre, no la olvidaré.

Corrió feliz al lago, aquel en el que sintió morir para lograr la vida nuevamente en el mundo de los hombres, zambulléndose toda una eternidad.

¡Uff señora! Cuanta agua traía este bebé, hasta pareciera que va a ser nadador, -bromeó el médico quien recibía al nuevo ser- sabemos que los bebes permanecen en un envoltorio dentro de mamá, totalmente lleno de agua y al nacer o ser inminente el nacimiento este envoltorio se rompe dejando salir el agua, pero en este caso con el agua se vino el bebé y la verdad fue bastante el agua, pero... escúchelo, llora como si estuviera Pavarotti en persona, pero al parecer está sanito.

En verdad, Cesar fue el Ángel que llegó del agua.

INDICE